The Record by an Old Guy in the world of Virtual Reality Massively Multiplayer Online

とあるおっさんのVRMMO活動記 27

椎名ほわほわ
Shiina Howahowa

アース
本編の主人公。
マイペースなプレイぶりで
知る人ぞ知る存在に。
リアルでは38歳独身の
会社員、田中大地《たなかだいち》。
ルエット
アースの指輪に
宿る妖精。元フェアリー
クィーンの分身ながら、
進化して自分の命と
魂を持った。
白羽《はくう》
戦いを求めてさすらう
謎の大太刀使い。
一見人間の女性だが、
その正体はドラゴン。
龍神の欠片
「龍の国」の守護者
である龍神の分身。
特例としてアースに
同行する。
アクア
妖精国の象徴・
ピカーシャの一体。
お忍びでアースの旅に
同行する。
登場人物
紹介

パワードスーツ
数々の武装を使用可能なトンデモ兵器。製作者の知識と意識が移植されている。
ツヴァイ
有力ギルド『ブルーカラー』のリーダー。炎の魔剣持ち。
グラッド
仲間と共に最強への道をひた走るトッププレイヤー。
レッド
ヒーローたらんと志す古参プレイヤー。五人の仲間とチームを組んで活動している。

STATUS

【スキル一覧】
〈風迅狩弓《ふうじんかりゆみ》〉Lv50（The Limit!）〈砕蹴《さいしゅう》（エルフ流・限定師範代候補）〉Lv46〈精密な指〉Lv54
〈小盾〉Lv44〈蛇剣武術身体能力強化〉Lv31〈円花《まどか》の真なる担い手〉Lv10
〈百里眼《ひゃくりがん》〉Lv44〈隠蔽《いんぺい》・改〉Lv7〈義賊頭〉Lv87
〈妖精招来《ようせいしょうらい》〉Lv22（強制習得・昇格・控えスキルへの移動不可能）
追加能力スキル
〈黄龍変身《こうりゅうへんしん》・覚醒〉Lv15（Change!）〈偶像《ぐうぞう》の魔王《まおう》〉Lv7
控えスキル
〈木工の経験者〉Lv14〈釣り〉（LOST!）〈人魚泳法〉Lv10
〈ドワーフ流鍛冶屋・史伝《しでん》〉Lv99（The Limit!）〈薬剤の経験者〉Lv43〈医食同源料理人〉Lv25
ExP53
称号：妖精女王の意見者　一人で強者を討伐した者　ドラゴンと龍に関わった者
妖精に祝福を受けた者　ドラゴンを調理した者　雲獣《うんじゅう》セラピスト　災いを砕きに行く者
託された者　龍の盟友　ドラゴンスレイヤー（胃袋限定）　義賊　人魚を釣った人
妖精国の隠れアイドル　悲しみの激情を知る者　メイドのご主人様（仮）　呪具の恋人
魔王の代理人　人族《じんぞく》半分辞めました　闇の盟友　魔王領の知られざる救世主　無謀者
魔王の真実を知る魔王外の存在　天を穿《うが》つ者　魔王領名誉貴族
プレイヤーからの二つ名：妖精王候補（妬）　戦場の料理人
強化を行ったアーツ：《ソニックハウンドアローLv5》

1

ＶＲＭＭＯゲーム「ワンモア・フリーライフ・オンライン」の世界の命運をかけた、地上連合軍対有翼人＆洗脳された人達（プレイヤー含む）の戦いが始まって数時間。

白羽《はくう》さん、ピカーシャ、そしてパワードスーツに宿る元有翼人の研究者《けんきゅうしゃ》と共に、地上連合軍の遊撃隊として行動している自分ことアースに対し、本隊から連絡が入った。周囲の島を制圧する戦いは無事に終了、治療を行った後にいよいよ有翼人の本拠地である中央の島へと進軍するので、こちらも合流するように、との指示だった。ちなみに、自分と一緒に空の世界に上がってきた龍神《りゅうじん》の欠片《かけら》である幼女は本来戦闘に加われないので、空のドラゴンさんがいる浮遊島で待機している。

もう夜になっちゃってるけど、今日は流石に「ワンモア」の世界の人も寝ないよな。というか寝られるわけがない。地上に帰るのは時間がかかるし、かといってこんな敵陣のど真ん中で寝たら、殺してくださいって言っているのと変わんない。

「いよいよ、中央の島での決戦だそうだ。時間は夜だが……いけるよね？」

「問題ないわ。むしろ日が昇ってからなんて言われたら、じれったくて仕方がなかったわ」

白羽さんにも連絡内容を伝えたところ、ヤル気満々のお返事を頂いた。

いや、「ヤル気」ではなく「殺《や》る気」と言ったほうが正しいかもしれない。話を聞いた白羽さんから舞い上がったモノが、明らかに闘気じゃなくて殺気なんだよなぁ。

もちろん、そこに突っ込みを入れるような真似はしない。それが生き延びるための手段である。

「向こうは治療が終わり次第移動するようだから、こっちもそれにタイミングを合わせて移動するよ。流石にこの少数で突撃は無謀が過ぎるから」

殺る気満々な白羽さんをなだめつつ、自分が今後の予定を告げる。なんというか、暴れ馬をどう言いながらなだめている気分になってしまった。彼女はドラゴンだから、喩《たと》えとしてはものすごく失礼なんだよねえ。口にしちゃいけないことがまた増えた。

「――なんかさ、変なこと考えてない？　そんな気がするんだけど？」

ヒィ、勘づいていらっしゃる。

しかしそこは奥義「社会にもまれたことで身に付けたポーカーフェイス＆愛想笑い」を発動！

自分の本心を相手に察せられることがなくなる！

「気のせいですよ、考えていたのは、この後の戦いをどう進めるかということだけです」

「そっか、そうよね。それ以外に考えることなんて今はないものね」

ハイ成功。まあ、実際そっちもちゃんと考えているんだけどさ。なにせ、決戦の時が近づくにつれて反応が大きくなっている存在がいるから。

そう、自分と同化したスネークソードの魔剣、【真同化《まどか》】である。

もうね、早く有翼人のトップを斬らせろ、殴らせろ、血を吸わせろ、って右手の中から訴えてきてるんですよ。吹き出しをつけてもいいんじゃないかなーってぐらいに。

無理もないけどな……魔剣に宿る霜点《そうてん》さんと皐月《さつき》さんにとっちゃ奴は不倶戴天《ふぐたいてん》の敵だ。その他に宿ってる皆さんも、奴が余計なこと、バカなことさえしてなきゃ悲惨な目に遭わなかった、っていう恨みが積もりに積もってるからなぁ。

本人を前にしたらどうなるんだろう、暴走だけはやめてくださいよ……奴にはちゃんと相応の報いを与えるから。

「ところで、治療はどれぐらいかかるのかしら？」

「ええっと、一〇分弱らしいです。終わったらまた連絡をくれるという話です」

結構被害出てたって話だったし、治療がたった一〇分弱で済むというのはすごいことなんだよなぁ。プレイヤー側の掲示板も見てるから、相当な激戦だったってことはよく分かっている。

それによると、なんかツヴァイが無双してたみたい……おそらく何らかの切っ掛けを得て魔剣が強化されたからそんなことができたんだろう。比較的装甲が薄いプレイヤー達のところに強襲かけたのもあったにせよ……炎槍舞《えんそうぶ》とも呼ばれる有名なプレイヤー、ランダさんとの一騎打ちに勝ったのは本人の腕だ。

まあなんにせよ、決戦前にそんな強さを手に入れてたってことが分かったのはありがたい。以前【真同化】の世界で出会ってはいるものの、あの有翼人のトップの本気がどれぐらいのものなのか、まだ全く分からない。だから強い味方が増えるのは、実にウェルカム!!である。

いかん、ぶっ倒したい相手との決戦がいよいよ目の前になったことが原因で、自分のテンションがおかしくなっている。

といっても、ここまで来るのにどれだけあちこち歩き回ったことか！　お前は、ゲーム開始当初から見えているが行き方が分からなくて、各種アイテムを集めて各種フラグを立ててようやく行けるようになったら徒歩で数分しかかからない城の中でのんびりこっちの到着を待ってるラスボスかよ！と言いたくなってきたわ、本当に。

ま、まあいい。とにかくここまで来たんだ。あとは何がなんでも勝つだけだ。勝って奴の首を取れば、【真同化】の中にいる皆の無念も晴れるだろう。その後【真同化】がどうなっちゃうのかがちょっと怖いけど……最悪、【真同化】そのものが消滅しても、それはそれでいいと思っている。やっぱり、無念を晴らして満足したら天に帰っていく、っていう展開はすっきりする。

「じゃ、連絡入ったら教えてちょうだい。それまで軽く柔軟をしておくから」

「あ、自分もやっておこう」

柔軟や準備体操をしたってゲーム上の数値的には何にも変わりはないんだけど、やるぞ！って気分にはなる。でも今回に限ってはそっちじゃなくて、今はまだ早い、だから抑えろ抑えろ、爆発するのはもうちょーっとだけ先なんだからな？と、自分の心身に言い聞かせる目的である。

そんなことをしていると、ついに本隊から、治療完了したので移動する、という連絡が届いた。もちろん本当の連絡内容はこんな軽くはないんだが、大体そんな感じであった。

「いよいよ……本当にいよいよね、これに勝てば私も、のんびり地上世界を見て回れるわ」

『これで、やっと私の運命も終点に辿り着く……勝つにしろ、負けるにしろ……でも、勝って終わりにしたい。本来なら地上の人々に頼らずに、私達の手で始末をつけなければいけなかった話なのだから』

白羽さんと研究者、それぞれの言葉に頷いた後、パワードスーツを纏《まと》い、これまで休息していた南の島から移動を開始する。直接中央に向かうことはせず、北東の島からやってきているはずの本隊と合流するように動く。もう単独行動の時間はお終いだから、合流してから中央に上陸したほうがいいだろう。

「あ、あれ。あれが本隊の人達じゃない？」

空を移動していると、白雨さんが移動中の本隊を発見。簡単な挨拶《あいさつ》を交わして無事合流し、先に本隊に合流していたギルド『ブルーカラー』の面子《メンツ》が乗っているドラゴンの近くまで行って、雑談に興じる。

「――という感じで、先の島での戦いでは、私達の存在は霞《かす》んでしまっていましたね」

「ツヴァイの魔剣である大剣の二刀流が更に強化されたからな……まさに鎧袖一触《がいしゅういっしょく》と表現しても過言じゃないぐらいに敵を吹き飛ばす、見事な暴れっぷりだった。カザミネの言う通り、プレイヤーの記憶に俺達のことは残っていないだろうな」

カザミネやレイジがここまで言うんだから、自分が想像した以上の暴れっぷりだったのかもしれない。確かに掲示板を見直すと、ツヴァイ以外の『ブルーカラー』のメンバーに対するコメントがないな。まさにツヴァイ一色だ。

「被害が少なくて済んだからいいだろ。地上連合軍に大きな被害が出ていたら、中央を攻められなかったんだぜ？」

ツヴァイの言う通りだな。もし戦力が大幅に減っていたらキツイどころの話じゃないもんな。中央への侵攻を中止せざるを得なくなった可能性だってあった。そしてもしそんなことになってしまっていたら、有翼人達が地上への反撃を開始するのは、まあ間違いなかっただろう。その場合、どれだけの被害が出ることか……あっという間に地上側が圧倒されて、僅《わず》かな生存者が地下に潜ってレジスタンスになる、なんてＳＦ映画みたいな展開になったやもしれん。

「そこは間違いなく助かったよ。有翼人の中枢を成す連中がどれだけの能力を持っているのかは未知数なんだ、戦力は少しでも温存できたほうがいいに決まってる」

自分の言葉に、皆が頷く。不意を突いてのツヴァイの大暴れは実にグッジョブ。プレイヤー相手に真っ向勝負でぶつかっていたら、どれだけ戦力が削《けず》られたか分からん。

「皆様、そろそろ話はお終いにしましょう。いよいよ、中央の島への上陸が迫ってきましたよ」

カナさんの言う通り、本隊の一番先頭が、島に着陸すべく高度を落とし始めている。一方で、中央の島はこれといった防衛活動を始めたりはしていない。ちょっと拍子抜けだが……とにかく、妨害がないのは好都合だ。

次々と地上連合軍が島に降り立ち、ついに全軍が地面に足をつけた。

かくして最終決戦の場に乗り込んだわけだが……まだ、有翼人達に動きはない。

「やけに、静かですね～……」

ミリーの言葉に、自分は頷く。不気味なほどに静まり返っていて、人の気配がないな……〈義賊《ぎぞく》頭《がしら》〉のスキルを活かして周辺を調べるが、これといった反応はない。

罠か？　いや、この場所は有翼人達の本丸のはず。ここを簡単に使い捨てにするはずがない。向こうはどう動くつもりなんだろうか？

2

地上連合軍が島に降り立って数分が経過しても、有翼人側のアプローチは何もない。なので、こちらから打って出ようとした——その時だった。

あちこちから機械音が響き渡った。全員が警戒する中、島の中央にある一番大きな塔以外の建物が、地面の中に沈んでいく。

いや、そうではなく……収納されていく、と言ったほうがいい。

そして建物があった場所に残る穴は、鋼鉄製らしき板状のものが塞いでいく。

「指揮官、これはいったい……」

「警戒を怠《おこた》るな！　それと下手に動くな！　何らかの罠かもしれん、周囲をよく見ろ！」

指揮官の言葉に従って動かない連合軍をよそに、島の建物は次々と地面の下に収納されていく。

やがて全ての建物だけでなく、木や花壇なども全て収納され、中央の塔以外はまっ平らな地面が出来上がった。

そこへ、腕組みをしながらどこからともなく降りてきた存在。それは——

「よくもまあ、ここまで来たものだ。まずはおめでとうと言わせてもらおうか。周囲の島に配置した戦力を全て撃破してきた、その戦力と戦う意思は、称賛に値《あたい》する」

自分の右手が熱い。【真同化】が熱い。より厳密に言うならば――【真同化】に宿る記憶の中の怒りが、悲しみが、悔しさが、やり切れなさが……こびりついたいろんな感情が、奴に向かって燃え上がっている。

そう、そいつは七枚の羽根を持つ、あの――霜点さんの記憶で出会った『羽根持つ男』！　ついに、ついにこうして対峙するところまでやってこられた。

「だが、これ以上の侵攻を許すわけにはいかない、この島にいる我が同胞は、この先の世界を統《す》べるために必要な人材だ。今までお前達が倒してきたどうでもいい奴らとは違ってな。だから、最高戦力である我が、お前達を直接叩き潰すために出てきたのだ。そしてこれは、お前達に対する敬意でもある。地上からやってきた最後の戦士に対する敬意だ」

そんなことを言いながら、奴は腕組みをやめて両手を大きく広げた。

地上連合軍の誰もが、奴に対して武器を構えた。こいつを倒せば、やっとこの空での戦いは終わる。こいつを倒せば、地上に悲劇が到来することはない。そして、自分は【真同化】の中にいる霜点さんや皐月さんをはじめとする大勢の人々の仇《かたき》を討てる。

「さあ、かかってくるがいい。ことごとくをすり潰し、絶望を与え、苦しみの中で殺してやろう」

その言葉に、カチンときたのだろうか？　それともタイミングを計っていたのだろうか？　数名の地上連合軍の兵士が飛び出して、有翼人のトップに斬りかかろうとした。

だが、そのとき自分はすさまじい悪寒を感じ、大声で叫んだ。

「ダメだ、地面に伏せろ！」

奴が不可視の障壁を持っているのは分かっている。その障壁を破る必要があるから、自分も弓で攻撃しようとしていた。しかし、それとは全く別の脅威を感じ取ったのだ。【真同化】の世界で攻撃された不可視の剣とも全く違う感覚。

その直感に従って、自分は叫んだのだが――

飛び出した兵士のうち、伏せられたのは身体能力が特に高い獣人の兵士二人のみ。残りは……見えない何かに斬り裂かれて地面に転がった。

かなりの深手だが、治療すればすぐに戦線復帰できる！　そう思ったのだが……斬られた兵士達が力を振り絞って立ち上がり、自軍に戻ろうとしたその時――彼らの体が爆発した。血飛沫《ちしぶき》が舞い、彼らの体が力なく地面に崩れ落ちる。その表情は一様に『なぜこうなったのか理解できない』と訴えていた。

「ほう、今の攻撃はお前達の目には全く見えていないはずだが……それでも気が付いた者がいるか。少しは楽しめるかもしれんな」

有翼人のトップが、自分に対して感心したような目を向ける。それに自分はつい歯ぎしりしてしまう。

こんな早期に警戒されたのはちょっとマズい。今まで一回も使わず温存しておいた【真同化】独自の特殊アーツ《霜点《そうてん》》を振るうまでは、ノーマークでいたかったのに。

「い、いかん！　早く彼らを治療――」

指揮官がそう指示を飛ばすが……崩れ落ちた兵士達の体はさらさらと崩れ落ちていく。

まさか、これはかつてエルがやられたのと同様の性質を持つ攻撃か⁉

こちらの世界の住人は、やられてしまっても五分が過ぎる前に蘇生薬を与えられれば、普通は復活できる。しかし、エルはそんな時間を与えられることなく即座に死亡した。そう、ハイエルフの攻撃によって……

それと同じ性質の攻撃を、なぜこいつが使うことができる？　――いや、多分順番が逆なんだ！　あのときのハイエルフが使った攻撃は、こいつら有翼人の攻撃を模倣したか、もしくは教わったもの。そう考えたほうが納得がいく。

「悪いが、倒しても倒してもその都度復活されてしまっては、こちらとしても面倒でね。我が武器によって命が尽きれば、即座にこの世界から退場してもらうことになる。それでも戦えるかね？　地上の戦士達よ」

マズい、奴の雰囲気に全体が呑まれる。指揮官もその空気を感じ取ったようで、全員に遠距離攻撃を指示した。

魔法と矢とドラゴンブレスが、有翼人のトップに向かっていくつも飛んでいく。自分もスーツの各種兵装を使って攻撃を仕掛ける。だが、自分も含めてこの場に集《つど》った地上連合軍の誰の遠距離攻撃も、奴の不可視の障壁を突き破ることができなかった。正直、ここまで堅いとは思わなかった。

「まあまあの攻撃だな。確かにこれだけの攻撃力があるならば、各島に派遣しておいた戦力がやられたのも納得がいくというものよ。では、次はこちらの番だな。さあ、耐えて見せよ」

その有翼人のトップの言葉の後に、奴の頭の一メートルほど上に、紫電《しでん》を放つ球体が生まれた。あれは……マズい。大きさこそ半径二メートル程度だが、すさまじいエネルギーの塊だ。あれを何の対策もせずにもろに受けたら、ここにいるほとんどの連中が一瞬で吹っ飛ぶぞ!?

「障壁展開！　ドラゴンの皆はブレスで少しでも相殺《そうさい》を！　残りは全力で障壁の維持に努めろ！来るぞ!!」

指揮官の言葉と各自の行動のどちらが早かったか。あっという間に複数の障壁が展開し、ドラゴン達は再びブレスを吐く態勢に入った。

その様子を見て、有翼人のトップはにやりと笑ったかと思うと、頭上の球体をこちらに向けて放ってきた。球体は進むと共に大きさを増し、あっという間にこちらを呑み込むほどのサイズになる。

ぎりぎりまで引きつけてから、全ドラゴンがブレスを放った。障壁もより強固になった。だが、それだけ防御力を高めても嫌なイメージが拭《ぬぐ》えなかった自分は、最前面まで出ていき、スーツのシールドを全力で起動させた。

その数秒後、紫電を纏《まと》った球体は迎え撃ったドラゴンのブレスをものともせずに障壁に接触し、世界は光に包まれ……音が消えた。

――どれぐらいの時間が経ったのか。それともほんの数秒だったのか？　軽く失神をしていたらしい自分が目を覚ますと、目に入ってきたのはスーツが訴える各種警告だった。

『――オプションとして連れてきていた飛行ユニットは全滅。両腕のガトリングも使用不可能。右肩のキャノンは再使用可能になるまで長い時間がかかる。装甲は全体の七五%が吹き飛んだ。シールドシステムはオーバーヒート、こちらも再起動まで時間かかかる。おおよそ戦闘力は六九%低下した。だがその代わり、何とか、何とかあの球体が引き起こした大爆発の大部分を抑え込めた。後ろにいた人々は完全に守り切ったぞ』

瞬間的な大ダメージによって、スーツのあちこちが動かなくなったか回復に時間がかかる状態にされた。ここまで愛用してたガトリングは完全に不能。キャノンもおそらくこの戦いがよっぽど長引かない限りは使用できないだろう。ライフルは吹き飛ばされてしまったようでロスト。現時点でまともに使える武器は、左肩のレーザーとブレードだけだ。

（まだ、まだ戦いは始まったばかりなんだぞ⁉　それだってのにスーツの機能がここまでズタボロに……だが、このスーツがなければ……地上連合軍の全員が吹っ飛んでいたんだろうな。あれだけの障壁を張って、ドラゴンのみんながあれだけブレスを吐いて相殺していたはずなのに、この損害……が、これだけの一撃、そうたやすく連射はできないと願いたい。次撃たれたら、もはや全滅しかねない！）

――少し時間が経って、耳も機能を取り戻してきた。その耳が最初に捉えたのは、拍手の音だった。

「よいぞ、よいぞ。よく耐え忍んだ。面白くなってきたぞ。我に歯向かってくる最後の愚か者達は骨がありそうだ。そうでなければわざわざ姿を見せた甲斐《かい》がない。我がこうして自ら戦うのはこれが最後となる、だからもうしばしあがいてくれよ？　簡単に潰れてしまってはつまらんからな」

あれだけの攻撃を放っても消耗など全くないようで、有翼人のトップは余裕たっぷりだ。やはり、《霜点》で奴の不可視の障壁ごと叩き伏せるしかない！

しかし、まだどこで使えばいいかのタイミングが掴めない。一回使うごとに自分の命を削る大技だから、確実に決めないといけない。使い勝手の悪い諸刃《もろは》の剣だが、これしか手段が思い浮かばない。

そう考えていると、【真同化】から懐かしい声が聞こえてきた。この声は――

（ついに時は来た。今こそ我が名を冠《かん》した技、《霜点》を振るうのだ。いいか、よく聞け。この剣に集った多くの者達のあらゆる力を今、剣に注《そそ》いでいる。その力で、お前の肉体にかかる多大な負担を軽減させる。だが、それも三回までだ。いいか、その三回で決着をつけろ！）

（接近するところまでは貴方《あなた》にお頼みします。接近した後、太刀を振るう力は私達が受け持ちます！　しかし兄の言う通り、これは三回が限度です。必ずその三回のうちに決着をつけてください！　私達の無念を晴らすための力を、全て貴方に託します！　お願いします、こんな悲しみを生み出し続ける愚か者を、他の誰でもないあなたが持つ人の力をもって誅《ちゅう》してください!!）

霜点さんと皐月さん、あの兄妹の声だ。

やはりあいつにダメージを与えるには《霜点》しかない！　一回ダメージを与えれば、奴も今のような余裕を保つことはできないだろう。そうなればきっとどこかで大きなミスをする。そしてそのミスに付け込めれば、こちらにも勝ちの目がある。

（よし、ならば少々強引にでも、スーツの力を使って切り込もう。装甲は剥《は》ぎ取《と》られたし武器もほとんどが使えなくなったが、機動力は死んでない！　ならまだまだやれる！）

右手を強く握りしめ、気合を入れ直す。

見ていろ、その余裕たっぷりの顔を引きつらせてみせるぞ……

――グラッドPTとヒーローチーム、侵攻開始

アースやツヴァイ達が有翼人のトップと戦いを始めた頃、中央の島にそびえ立つ塔の中にて。

地上連合軍の別働隊として侵入してきたグラッドPT《パーティ》と、助けを求める人を必ず助けるというヒーローとしての信念をかなぐり捨ててまで耐え忍んできたヒーローチームに、この塔の乗っ取りを狙っていたミミック三姉妹の長女ミークから声がかかった。

「奴が動きました！　こちらも作戦を開始します！」

「本当か？　連合軍がこの島までやってきたことは分かってるが、それにしたってボスが出るのが早すぎねえか？」

ミークの号令に、いぶかしげな声を上げたのはジャグド。彼だけではなく、ここに集っていた全員が同じことを感じていた。

この塔の中にはまだまだ奴の部下がいる。そいつらを先に出して、地上連合軍が消耗してから自らが出るのだろう……と予想していただけに、思わず首を捻ったのだ。

「私も理由は分かりません。ですが、どうやらこの塔の中にいる有翼人達は戦わせて失いたくない

と考えられます。なんにせよ、彼が塔から出たことだけは間違いありませんので、作戦を実行します！」

迷いなく言い切られたミークの言葉に、もう異論は出なかった。

「では、決めていた通り、グラッドさん達は塔の左から。ヒーローチームの皆さんは右から攻め上がってください。途中で見かけた物は盛大に破壊してくださって構いません。むしろ積極的に破壊して塔の機能を低下させてくださったほうが、私の乗っ取りがやり易くなります」

ミークの言葉に無言で頷き、グラッドＰＴとヒーローチームはそれぞれ出撃態勢に入る。

「作戦が始まれば、もうここに戻ってくることはできません。忘れ物はありませんね？　装備の点検は済みましたね？」

「ああ、いつでも飛ばせ」

「こちらも全て完了、いつでもどうぞ！」

ミークはグラッドとレッド双方からの返答に頷き、出撃の最終行程に入る。

「これから、塔の最下層に皆様を飛ばします！　上り方、進み方は私が矢印で指示します！　皆様はそれに従って移動、邪魔な物の破壊、遭遇した有翼人の撃破をお願いします！　そして最上階に到達したら、塔の最重要施設であるコアを破壊します！　コアを破壊すればこの塔のあらゆる機能が止まり、奴らの野望に必要な洗脳能力も消失させることができます！　それでは、作戦開始！」

ミークの作戦開始の声と共に、グラッドPTとヒーローチームはそれぞれの出撃場所へと転送された。到着後、すぐさま抜剣し、走り出す両チーム。

それからややあって、けたたましいアラームが塔の中に鳴り響いた。

◆　◆　◆

「このアラームはなんだ⁉　原因を調査しろ！」

「大変です、最下層に侵入者です！　今、画面に映します！」

塔の上層にいた有翼人達が、侵入者の姿を確認しようとモニターを起動するが――一秒と経たずにモニターは砂嵐を表示するのみとなる。

「モニターに異常発生⁉　ダメです、侵入者近辺の監視装置が次々と動作不良を起こしています！」

「ええい、定期点検をさぼっていたな⁉　だから敵の妨害に容易《たやす》く屈するのだ！　処罰はあとで考える、とにかく侵入者の足を止めるぞ。トラップを起動しろ！」

「了解、各種トラップ起動！」

落とし穴やレーザー光線、センサー式閉じ込めトラップなどが次々と起動するが――有翼人側のその動きを、ミークが察していないわけがなかった。

「はいはい、解除解除。最下層から下層辺りまでは、すぐに侵攻できるように事前準備が済んでいるんですよねえ。彼らの動きを、トラップで止められるなんて思わないでくださいね。いろんなダンジョンを作ってきたダンジョンマスターとしての腕を、ここで披露してみせましょう。ミーツ、クク、細かい部分は任せますよ？」

「分かってます、姉さま、姉さま」

「大丈夫です、姉さま。私達だって成長したんです」

◆　◆　◆

ダンジョンマスターである長女ミークと、そのサポート役の次女ミーツ、三女ククの力で、塔のトラップはすぐさま機能停止していく。そのおかげで、グラッドPTとヒーローチームはさほど時間をかけずに、しかも途中で目についた物を適当に破壊しながら、下層エリアまで順調に歩を進められた。

◆　◆　◆

「遠慮なく破壊していいってのは楽でいいねえ〜」

グラッドPTのガルがそんなことを呟きながら、いくつもの魔法をいろんな場所に放ち、多くのセンサーや資材が灰になった。

「今まで顎《あご》でこき使われてきた借りをやっと返せるってもんだから、そりゃ楽しいだろう」

ザッドも愛用の武器を振り回して、何かしら光っている物があれば手あたり次第に（ただし移動速度が落ちない程度に）破壊した。槍を持つゼッドや弓使いのジャグドは積極的にあちこちを攻撃している。

「アンタら、余力は大丈夫なんでしょうね？　移動しながらの破壊にナックルはあんまり向かないから、アタシはあまりやることが少なくて退屈よ。さっさと有翼人の屑《くず》どもが出てこないかね？　首をねじ切ってやらなきゃ気が済まないねぇ」

「ゼラァ、退屈なのは今だけだ。あの屑どもだって、これだけ破壊活動を食らえば動かざるを得ない。そうして出てきたら、きっちり今までのツケを払わせろ。俺達を都合のいい駒扱いした代償は軽くねえってことを、しっかり理解してからくたばってもらわねえとな！」

グラッドの獰猛《どうもう》な発言に、他の面子もその通りだと同意の声を上げる。こうしたグラッド達の破壊活動で、ミークによる塔の侵食は着実に進んでいた。

◆　◆　◆

その一方でヒーローチームは、重要そうなものだけを選んで破壊し、先を急いでいた。

「リーダー、もうちょっと破壊したほうがいいんじゃないか？」

「いや、大したものじゃない限り無視していいだろう。邪魔になるトラップは積極的に破壊すべきだが、見つけた物をいちいち破壊していたら時間がかかりすぎる。だからほどほどにして、一刻も早く頂上を目指す。外では有翼人のトップを相手に地上連合軍が戦っているんだ。早くそちらへ援軍に向かわなければ」

グリーンの言葉に、レッドはそう返答する。

今まで集めてきた情報を統合した結果、レッドには有翼人のトップの恐ろしさが十分に理解できていた。

「レッド、気持ちは私も同じだけど、この塔のコアを無力化しないと、結局はあの有翼人のトップに勝てないわ。外で戦ってくれている皆さんには苦労をかけてしまうけど、物事には順番というものがあるのよ。やはりある程度は破壊活動もしないと、結果として逆に遅くなってしまう可能性があるわ」

ピンクの言葉に頷きながら、ブルーとイエローが無言で周囲の機材を破壊した。ブラックも爆薬を仕掛け、通り過ぎた部屋などを破壊する。

「ピンクの言う通りか……急《せ》いては事を仕損じる、というものな。分かった、もう少し破壊活動の割合を増やして進むことにしよう」

言うが早いか、レッドも自分の武器を振るって周囲を攻撃。その一撃で周囲の物に十分すぎるダメージが加えられた。

彼も伊達《だて》にヒーローチームのリーダーをやっているわけではない。むやみやたらと見せつけるような使い方をしないだけで、実力は相応にあるのだ。

「極端に足を止めない程度にやればいいだろう。とにかく足止めを食らうのが一番マズいってことは皆も重々理解しているさ。できる範囲でやろうぜ」

ブルーの意見に、他のヒーロー達が頷く。

こうして、塔の内外で有翼人との最終決戦が進んでいった。

3

「そらそら、もっと頑張れ！　我に一発も攻撃が届いていないぞ？　それでは我を倒すことなど到底できんなぁ？」

有翼人のトップが、癇《かん》に障《さわ》る声でそんな言葉を口にしながら腕組みをして笑っている。

地上連合軍の皆が必死で攻撃を仕掛けているのだが……奴の言う通り、今のところどの攻撃も届いていなかった。

ここまでの過程で分かったのは、奴を護っている不可視の障壁は、楕円形《だえんけい》かつ二重構造であるということだ。

火の魔法とか氷の魔法による攻撃を防いだときに、外側にあるほうの障壁の輪郭《りんかく》が見えた。その障壁は魔法による攻撃に対して特化しているようで、武器による物理攻撃はほぼ素通りする。しかし、その奥の内側に更なる障壁が張られており、武器はそこで止まってしまう。自分もスーツに残された数少ない攻撃手段であるブレードで仕掛けてみたが、やはりこの内側の障壁に止められた。

「どうなってるんだ!?　いくら強固な障壁といえど、これだけの人数による飽和攻撃を受ければ脆《もろ》くなるはず！　なのになぜ未だに攻撃が通らぬ⁉」

連合軍の兵士からそんな声が聞こえてくる。

そう、そうなのだ。『ブルーカラー』のメンバーや兵士による物理攻撃と魔法攻撃。ドラゴンによるブレス。雨龍《うりゅう》さん砂龍《さりゅう》さんの薙刀《なぎなた》や大太刀による攻撃。それらの猛攻を受けているのに、有翼人のトップを護っている障壁は一向に衰《おとろ》えない。

「はっはっはっは、貴様らのような下等生物の作る障壁とは格が違うのだよ。悔しいというのであれば、納得できぬというのであれば、もっと攻撃を加えてみるがよい。まあ、徒労《とろう》に終わるだろうがな！」

——本当にこんな障壁を破れるのか？　自分のとっておきである《霜点》を振るっても通じなかった場合、起点が潰されることになるため自分が打てる有効な手は一気に減る。その心理的な躊《ちゅう》躇《ちょ》のせいで、《霜点》を振るいに行くだけの覚悟を決めかねているのが分かる。

それに加えて、《霜点》はどれだけの範囲攻撃になるのかも分からない。剣の範囲だけなのか、それともとんでもない余波が起きるのか？　そこら辺がハッキリしていない以上、大勢の人が奴に近寄って攻撃を加えている今だと、巻き込んでしまう危険性がある。

（切り込むタイミングは、皆がいったん引いて、奴が「次はこちらの番だ」とか何とか言いながら攻撃に移ろうとするときだろうな。そのタイミングなら、大きな余波があったとしても味方を巻き

込んでしまう心配は少ない。今はまだ、他の仲間と一緒になっての攻撃を続行しておこう）

下手に仕掛けて仕留め損ない、己《おのれ》を害することができる武器と手段をこっちが持っていると悟られれば、奴は間違いなく自分を徹底的にマークするだろう。

そうなれば、不意を突く機会を掴むのが難しくなる。最初の一太刀で、奴の体を真っ二つにできるのが最上の結果なのだ。接近するタイミングさえ間違えなければ、あとは【真同化】の中にいる霜点さんや皐月さんをはじめとした皆に任せればいい。切り込める機会が来るまで、今は我慢、我慢の時間だ。

「ぐおおおおおおっ!!」

ツヴァイが大上段の構えを維持しながらジャンプし、炎の大剣を全力で振り下ろす姿が見えた。しかし、破壊力抜群なはずのその大剣ですら、奴の障壁を抜くことができない。

障壁の中で、有翼人のトップはツヴァイの行動を鼻で笑っている。

「無駄な努力というものだな。なかなかの攻撃であることは認めるが、全く足りん」

「ちっくしょう！　これでもダメかよ!?　全力の振り下ろし攻撃なのに、手ごたえが全然感じられなかった！」

障壁に撥《は》ね飛《と》ばされたようで、ツヴァイの体が宙に浮いた後、背中から地面に落下する。幸い受け身はとれてダメージはないらしく、すぐに立ち上がっていた。

間髪容《かんはつい》れずにカザミネ、ロナ、雨龍さん、砂龍さんがほぼ同時に攻撃を仕掛けるが、それらも全て撥ね返されてしまう。自分も【蛇炎《じゃえん》オイル】を投げたが、効果なし。

「私の持てる限りの全力を込めた一太刀でも通じませんか！」

「障壁のせいで掴み技にいけないよ！」

「面妖《めんよう》な、これだけの防御をどうやって維持しておるのじゃ？」

「カラクリはあるはず、しかし、それが何なのかが分からぬ」

雨龍さんと砂龍さんの言う通り、何らかの方法でエネルギーとか魔力の供給をどこかから受けているのだろう。そうでもなきゃ納得がいかない。いくら技術が上だからって、そこまで万能なはずがないんだ。

「そうだろう、お前達の頭では分かるまいな。さて、そろそろそちらも疲れてきたか？　手数が少なくなっているぞ。もうこちらから攻撃を仕掛けても構わぬものと受け取るが、よいのかな？」

奴のそんな言葉で、再びこちら側の攻撃の数が増えた。完全に乗せられている……！　最初のあの紫電を纏った球体による攻撃。あの威力を体で理解させられてしまったこちらは、あれをもう一回食らうわけにはいかないと思わされている。しかし、こんな手数の攻撃を無理に続ければ、当然スタミナは早晩切れる。

スタミナが切れたら、今度は回避どころか防御すらできない無防備な状態で、またあの攻撃を受ける羽目になる。そうなったら……一瞬で終わりだ。

奴の狙いはそれなのかもしれない。きっと他の人達もそのことを分かっている。分かっていても……あれをもう一回防ぐ手立てがないから、撃たれないように攻撃をするしかない、という悪循環だ。

攻撃の合間にポーションを飲む人が増えている。スタミナを急速に回復させるものなんだろうが、消費速度が速すぎる。このままでは間違いなくポーション中毒を発症して自滅するぞ……戦い始めてまだ二〇分経ったかどうかなのに。

たった一人の敵に対して、もうこちらは劣勢になりつつあるのが現状か……

「おおおおっ！」

「はあっ！」

「せいやぁ！」

「行きます！」

『ブルーカラー』のメンバーが変身を解禁したようだ。変身で能力が上がったことにより、より素早く威力のある攻撃を繰り出せるようになっている。

が、それも通じていない。障壁がことごとく攻撃を受け止め、弾《はじ》き返してしまう。

グラッド達の攻撃なら障壁を抜けただろうか？　だが彼らは彼らで、塔を内部から攻撃して洗脳装置を停止させるという任務に就いている。こっちに来てほしいとは言えない。

そんな風に皆が必死になって行った猛攻であったが――その結果は、こちらが激しく消耗するだけで終わってしまった。あらゆる攻撃を仕掛けたのに、奴の障壁は揺らぐことなく耐えきってしまったのである。

スタミナが切れて息が乱れた姿を、皆が隠すことができずにいる。その様子を見て、有翼人のトップはにんまりと笑う。

「はっはっは、残念だったな。素晴らしい攻撃ではあったが、我に届かせるにはまだまだ足りていなかったようだ。どれ、褒美《ほうび》をくれてやろう。楽にしてやる……安心しろ、殺すのはお前達だけだ。残った地上の生命は、我が有効活用してやるからな」

そんな言葉を口にすると、奴は例の紫電を纏った球体を頭上に作り始めた――その瞬間、自分はスーツの力で前方に大きく跳躍して飛び出した。そのまま距離を一気に詰める。

「距離を詰めたら、自分をいったん外に出してください！　自分が一回攻撃したら、すぐさま回収を！」

『切り札がありそうだな。分かった、何とかやってみよう。頼むぞ！　このままでは何もできずに全滅するだけだ、無理やりでもなんでもいいから何としても流れを変えなければ！』

突如突っ込んできた自分に気付き、有翼人のトップの顔が僅かに歪んだ。こいつは何をしに来た？という疑問を抱いたからだろう。だが、攻撃して自分の接近を止めようという考えはないようだ。それだけ、纏っている障壁に絶対的な自信を持っているということなのだろうが……

（行くぞ、霜点さん、皐月さん、そして剣に宿っている皆！）

（行け！　接近すればあとは俺達がやる！　我々の恨みを、怒りを、悲しみを、無念を、痛みを、奴に教えてやる!!）

【真同化】の中からは、ものすごい人数の叫びが聞こえた。こちらの準備は万端だな――！　あとは自分がしくじらなければいいだけ。

『今だ！　君を外に出す！』

「了解、やってくれ！」

前面装甲がスライドして外気に晒《さら》されたのとほぼ同時に、自分の体は前方へ向かってバネのように飛び出した。自分は【真同化】を両手で持ち、すぐに振り下ろせるように右肩に乗せるモーションを取っている。このまま上段から奴に叩きつけてやる！

「【真同化】最終奥義っ、《霜点》っ！！！！」

宿っている数多《あまた》の意思が眠りから目覚めた影響なのか、普段とは違って黒い輝きを放っている【真同化】が、勢いよく障壁に食らいつく！

抜けるか!?　抜けてくれ!!　これで障壁を抜けなければ、もう……

4

祈りを半分、【真同化】を通して見た記憶から来る怒りを半分ずつ混ぜ合わせて振り下ろした奥義、《霜点》の一撃は——奴の体に届いた。

体のどこかを切り裂いた感触が、手に伝わってくる……が、自分はどこを切ったのか確認などせず、すぐさま奴の横を走り抜けて再びスーツの中に入った。

『やったじゃないか！　奴の左腕を切り裂いたぞ！　奴に一太刀目を浴びせたんだ！』

スーツに宿る研究者からそんな喜びの声が聞こえてくる。しかし、自分と、【真同化】の中にいる人々の思念は、共通して別の気持ちを抱いていた。それは……

「しくじった……っ！　最大の好機を逃したかもしれない……！」

このひと言に尽きる。

自分としては、肩から腰にかけてを文字通りの真っ二つにする予定だったのだ。しかし、奴の障壁と奴自体の回避行動によって、左腕一本を切り落としただけに留まってしまったらしい。

これで、自分の中にある最高のジョーカーを見せてしまった。もう、奴が自分に対して油断してくれることはない。

『いや、片腕を奪ったのは大きいと思うぞ。奴は今まで、攻撃をするときには右手と左手の指先を細かく動かしていた。腕組みをして防御していたときも、僅かだが間違いなく指先を動かしていた。つまりあいつの指には、攻撃と防御を行うのに何らかの必要な仕掛けがある可能性が高い。その半分を奪ったんだ、ここからは他の者達の攻撃も、あの障壁を抜くことができるようになったかもしれない』

それならば意味はあったか。だが、やはり好機を逃したことに変わりはない。これが致命的なミスにならなければいいのだが——

「ぐおおおおおっ!? お、おのれ！　下級生物の分際でよくも我の玉体を！　至高の宝である我の左腕を！　よくも切り裂いてくれたな！　そして、思い出したぞ！　今の下等生物が振るった剣！　我が翼の一枚を失わせた、にっくき龍の屑が持っていた剣ではないか！　またしても、またしても我の体に傷を！　許さん！」

切られた腕からはかなり出血している。だが、奴の右手が傷口に触れるとほぼ同時に、その出血も止まってしまった。流石に左腕が再生してくることはないようだが。

怒りに燃える奴は、空に高く浮かび上がると、右手を数回横に振った……それを合図として、地下から複数の何かがせり上がってきた。

それは、全長五メートルほどの、青く塗装が施されたメカであった。

今まで戦ってきたメカとは明らかに違う。腕部も脚部も、装甲をしっかりと纏ったごつい重量級の体躯。胴体には複数の小さな穴が見える……銃弾の発射口だろうか？　頭部には両側にがっしりとした太いアンテナが立っており、バイザーの奥の目と思われる部分が赤く光った。

「もう少し遊んでやろうかと思ったが、気が変わった。我らの最新鋭圧殺兵器である『ウリエル』だ。我はここから貴様達が無様《ぶざま》に死んでいく姿を見物するとしよう！　楽には死ねんぞ、愚か者共が」

この有翼人のトップの声が攻撃指示になったのだろう、ウリエルと呼ばれた合計四機の重装甲機体は、その足を地上連合軍に向けて動かし始めた。

意外に速い！　このままでは地上連合軍が踏み潰される！　自分は急いでスーツを動かし、ウリエル達に対してブレードで攻撃を仕掛けた。しかし——

「刃が、通らないぞ！」

『なんて硬さだ！　見た目以上に物理的な攻撃への耐性が高いのか！　いけない、すぐに回避行動を取れ！　奴らの胸部に何か仕込まれている様子だ——』

研究者の言葉が終わる前に、自分は動いていた。そうじゃないと、回避が間に合わなかっただろう。それでも回避はぎりぎりで——いや、ぎりぎりじゃない。多少ではあるが装甲を持っていかれている。直撃じゃなかったのに、抉《えぐ》り取《と》るように削られてしまってた。仕込まれていた物はバルカンか！　直撃を受けたら、あっという間にハチの巣だぞ⁉

『更に回避するんだ！　次が来たぞ！』

再びの研究者の要請に応じて何とか避けた自分が見たものは……ワイヤーらしきものが繋がった四本の腕部だった。そう、よくロマン武器の一つに挙げられるロケットパンチである。こんな状況じゃなきゃすごいすごいと喜んでいただろうが、今はそんな余裕はない。

次々と迫る腕は、パンチを繰り出すだけではなく、掴みかかってもくる。捕まってしまったら、引き寄せられ握り潰されるかもしれない。

「こいつらっ、予想以上に攻撃が速い！」

『なんということだ！　こちらの予想が外れ続きだ！　すまないがしばらく回避に専念してくれ！むやみに攻撃を仕掛けても、撥ね返されるだけだ！』

厳しい、が、ここで少しでも粘《ねば》らないと。地上連合軍のスタミナが回復するまで、自分が時間を稼ぐ必要がある。

幸い、今は有翼人のトップは見ているだけのようで、妨害を入れてくる様子はない。

どんなトンデモ存在であっても、腕を失ったわけだからそれなりの痛手なはず。おそらくだが、腕の治療時間を稼ぐために、こいつらを出してきたんだろう。

もちろん単純に、傷をつけられるはずがないと思ってやってきたのに、その予定を狂わされたから頭に来たというのもあるんだろうが。

他にも、こちらに回復の時間を与えないためとか、複数の理由が予想できる。

ま、そこら辺の正解不正解はどうでもいいか。今はこいつらの相手に専念しよう。

「チッ。存外に粘るな。ウリエルのパワーの前にさっさと潰されると思ったが……あの忌々《いまいま》しい剣を持っているだけのことはあるというわけか。もっとも、完全に回避できているわけではない以上、いつかは捕まるだろうが」

――悔しいが、奴の言う通りだ。ブレードも使って受け流したりもしているが、ちょくちょく被弾してしまい、そのたびにスーツの装甲は確実に剥ぎ取られている。すでに警告域は超え、スーツのあちこちから機能停止寸前という報告が上がってきている。脚部のダメージは八割を超えた。胴体部分の装甲ダメージは九割。もうあまり持たないな。

『もう限界か……いざとなったら君を脱出させる。だから安心してくれ』

「いや、向こうの攻撃にも慣れてきた。ここからが本番だ！　諦めるのには早すぎるぞ！　しっかりするんだ！」

弱音を吐いてきた研究者に活を入れる。弱気になったら避けられるものも避けられない。

舐めてくれるなよ、こっちだって今までいろんな場所でいろんな戦いをやってきたんだ、この程度で心が折れるほどヤワじゃあないんだよ。

相手の動きをよく見て、これまでの経験を活かし、そして——

「ここ！」

『ガギリ⁉』

反撃の一太刀を、ウリエルの一機に叩き込んだ。タイミングを見計らって突撃し、バルカンを撃ってきそうなタイミングに合わせて、ブレードの先端で発射口の一つを塞いでやったのだ。

それにより銃弾が詰まった《ジャムった》結果、何らかの異常を引き起こしたらしく、小規模な爆発がウリエルの内部で発生した。この程度では撃破とはいかないが、明らかに動きが悪くなる。

『やるじゃないか！』

「だから言ったでしょう？　ここからが本番だって！」

反撃を受けたことで、ウリエル達の動きに変化が現れた。ロケットパンチをメインにし、こちらの攻撃が届く範囲内ではバルカンを撃ってこなくなったのだ。

それは、こちらの回避行動を容易にさせる。どういうことかというと……

ここまで被弾していたのは全部バルカンによる攻撃で、それも近距離からの射撃によるものだった。

で、こいつら、バルカンを発射しようとすると、いったん動きが完全に止まる。そしてそこから足を踏ん張って撃ってくる。

この独特なモーションのおかげで、撃ってくるタイミングはもろバレ。ただ、他のウリエルから攻撃されているときに近距離から撃たれたら、流石に回避は困難だった。

しかしそのバルカンによる近距離射撃がなくなれば、かなり楽になってくるというわけだ。

それに、ロケットパンチもかなりの弾速だが、こちらも何のモーションもなく発射することはできないようで、多少のタメがある。

相対するうちにそういったウリエルの特性を理解することができつつあり、回避し続けるのもそう難しくはなくなってきていた。

「ウリエル、何をやっている！　そんな下等生物一匹ごときに手こずってどうする！　お前達は最新鋭兵器なんだぞ、そいつをさっさと始末して、残ったゴミを踏み潰す作業に入らないか！」

おーおー、有翼人のトップはおかんむりだ。予定通りに進まないと、すぐキレるタイプなのかね。世の中、自分の予定通りに進むことなんてめったにないもんだけど……

そういえば、かつて霜点さんの前に自ら姿を現した理由も、自分が主催していた賭けをあまりに荒らされたからという理由だったな。

『いいぞ、上手く時間が稼げている！　連合軍の者達もかなり息が整ってきたようだ。あと少しすれば、攻撃を再開できるはずだ』

「了解、ではもう少しこのダンスを続けましょうか」

うん、こういう軽口を叩ける余裕が戻ってきた。余裕が生まれればミスは減るものだ。

いいぞ、このウリエルとやらが出てきたときは不安だったが、激しい弾幕を張ってくるシューティングゲームよりは難易度が低い。相手の動きもしっかり見えているし、今の調子でいけば問題なく時間稼ぎの役目を果たせる。このまま頑張ろう。


それから多分数分の間だろうか……ウリエルと殺し合いという名のダンスを続けた。危ないシーンは何回もあったが、何とかやり過ごして時間を稼いだ。その甲斐あって——

「さあ行くぞ、あの勇士を支援しろ！　奴の動きは十分に見せてもらったな？　どういう攻撃をするのかも分かったな？　では攻撃を開始しろ！」

連合軍指揮官の声だ。それとほぼ同時に、自分と離れた所からバルカンで攻撃を仕掛けようとしていた二機のウリエルに対して、多数の矢が襲い掛かった。その狙いは、ウリエルのバルカン発射口の周辺に集中している。

「チッ、あいつらが復帰したか。まあいい、ウリエル！　あちらに二機向かえ！　押し潰せ！」

有翼人のトップの言葉に従い、連合軍のほうに二機のウリエルが向かった。そのウリエルの前に立ちふさがったのは……『ブルーカラー』の面々と雨龍さん砂龍さん。自分もウリエル二機を相手にしているので、ちらりとしか見ることができなかったが、多分間違いないだろう。

「何か、ここまでの戦いでウリエルに対して気が付いたことはありますか？」

『関節はがっちりガードされているな、腕や足を断ち切るのは難しいだろう。残念ながら頭部も、ブレードで攻撃してもレーザーで攻撃しても、ダメージを与えることは難しいと見る』

研究者の見立てでは、重装甲な見た目にふさわしい防御力は持ってるってことか。頭部までがっちがちとは困ったな。ウィークポイントは、バルカンの発射口ぐらいしかないんだろうか？　だがそこを塞いだところで、致命的なダメージには程遠いぞ。

『悔しいが、このスーツにある武装では、こいつらに対して有効打とはならなさそうだ。そこで、君がさっき見せた魔剣で攻撃を試みてほしい。もちろん先程の奥の手ではなく普通の攻撃でいい。そこから突破口が開けるかもしれない』

【真同化】から伝わってくる思念によると、奥義《霜点》を再び振るうまでにはもうしばしの時間が必要らしい。だが、普通に振るう分には問題ない。

スーツの右手部分の装甲のみ解除してもらい、【真同化】を実体化。近くにいたウリエルがロケットパンチで攻撃してきたところを回避し、腕から伸びているワイヤーに【真同化】で斬撃を加えてみる。

『なるほど、物理的な攻撃よりも魔法的な攻撃が効く部分があるな。そのままワイヤーを魔剣で攻撃してくれ！　切り裂けるはずだ！」

研究者の言う通り、【真同化】という魔剣による攻撃は、スーツのブレードを使った攻撃よりも手ごたえがあった。なので左手はブレード、右手は魔剣という二刀流状態に入る。ただ、〈二刀《にとう》流《りゅう》〉のスキルを持っているわけじゃないから、スキルの恩恵は一切ない。

まずウリエルを挑発するように左手のブレードで攻撃し、ロケットパンチを誘う。首尾よく飛んできたら、できる限りぎりぎりで回避し、伸びた腕が戻される前に【真同化】の斬撃をワイヤーに当てる。

これを四回ほど繰り返すと、ついに何本かあるうちの一本が千切れ飛んだ。これによってウリエルの腕は縮めても正常な位置に戻りきらず、変な方向に折れ曲がったような形になった。あれではもう、まともに飛ばすことはできまい。

『上手いぞ！　この調子で、確実に相手の戦闘力を削《そ》いでいくんだ！　一気に倒せないことには苛《いら》立《だ》ちを覚えるが、今はそれしか方法がない』

「分かってますよ、ここで焦ってドジを踏んだら取り返しがつきませんからね。少なくとも相手の能力を潰すことができるのであれば、無意味ではないですし」

それに、こうすればウリエルとの戦い方を味方に教えることができる。実際、あっちでもロケットパンチのワイヤーを断ち切るところが目に入った。そして人数の多さもあって、手際よく両腕のワイヤーを断ち切り、使い物にならなくしていた。

（さて、次の出し物は何だろう？　最新兵器がバルカンとロケットパンチしか攻撃能力を持っていないはずがな――!?）

目に入ってきたのは、ウリエルの肩やふくらはぎに当たる部分の装甲がスライドして展開する光景。当然、そんな部位が無意味に開くわけもない。

そこから出てきたのは……蜂《はち》？　現れた複数の蜂は、自分に対して針の先端を向け始め……もう分かる、これはあの超有名ロボットアニメに出てくるビッ○システムだ！

その危険性に気付いた自分が急いでその場から飛びのいたのと、自分がいた場所に細かい針が突き立つのには、僅かな時間差しかなかった。地面に突き立った針は鈍く光っており、刺されば命はないと宣言しているようにも見える。

――と、ほぼ同時に連合軍側から悲鳴が。どうやらあちらに行ったウリエルもこの蜂型兵器を展開したらしい。そして回避に失敗した人達がダメージを負ってしまったんだろう。

『破壊するんだ！　あんなものが四方八方から攻撃を仕掛けてきたらひとたまりもない！』

「く、こういうときに両腕にあったガトリングが使えれば楽だったたなのに！」

無い袖は振れないので、【真同化】を伸ばして蜂型兵器を切り裂こうとしたが――ここでウリエルが、その質量を生かしたタックル攻撃を仕掛けてきた。動きが速い！　こいつ、今まで移動速度

をあえて抑えて騙《だま》してたんだな⁉

何とかタックルを回避したが、そんな体勢で狙いを正確に定めて【真同化】を振るえるはずもない。逆に蜂型兵器から、第二派となる攻撃が飛んできた。

「あ、あぶあぶあぶぶっ⁉」

『更に左から、もう一機が来てるぞ！』

研究者の言葉で接近に気が付けた自分は、タックルを仕掛けてきたそのウリエルを、跳び箱の要領で飛び越えた。

ぶっちゃけこの回避が成功したのはたまたまである……タイミングが少しでも狂っていたら吹き飛ばされていただろう。

だがこれで、僅かながらもフリーな時間を得られた。

「【真同化】っ！」

薙《な》ぐように振り払った真一撃は、数個の蜂型兵器を一度に切り裂いた。幸いそう硬くはないらしく、あっさりと刃が通って分断されると、小規模な爆発を起こした。

が、まだまだ結構な数が浮いているわけで……そいつらがこちらに向けて照準を合わせてくる。

『回避を！』

「分かっていますよ！」

相手の攻撃力がどれぐらいあるのかは分からない。だが、こちらのスーツはすでに装甲をほとんど剥ぎ取られた状態であり、ちょっとした貫通力程度の攻撃でも簡単に破壊されかねない。だからどんな攻撃であっても、食らってしまうわけにはいかないのだ。

まだ、このスーツは失いたくない……欲を言えば、あの有翼人のトップへのトドメは、このスーツに宿っている研究者に譲りたいという気持ちもある。

バックステップでその場から離れるが、蜂達は射撃をしない。マズい、誘われたかもしれない。バックステップ終わりで地面に降り立った自分に対し、蜂型兵器は一気に詰め寄って射撃を行ってきた。

それを無理やり横に飛び込むようにして、何とか回避する。

「ウリエルの動きの確認は任せます！　こっちは蜂型兵器の動きを見るので精一杯です！」

『任された！』

回避しながら、時々【真同化】による反撃で蜂型兵器を撃墜《げきつい》するが、数が減ったようには思えない。もしかすると、撃墜された数だけ即座に追加してきている可能性がある。

蜂型兵器のサイズは、改めて見るとせいぜい一五センチから二五センチぐらいだと思われる。いくらか縮小した状態で格納されているとしたら……かなりの数が載るはずだ。

（それでも、無限ってことはないだろう。回避を重視しつつチャンスを逃さず破壊していけば、いつかは弾切れを起こすはず。そこまでは何としても粘ろう……そこまでいけば、研究者がウリエルのウィークポイントを見つけてくれる可能性もあるし）

この手の持久戦など、もう慣れたものだ。後ろに防衛対象がいない分、むしろ楽かもしれない——そう考えることにする。

こんな風に、あれに比べれば楽、前に比べれば余裕、と考えるのが辛《つら》いことを乗り切るコツだ。こういうときにネガティブ思考に陥っても、いいことなんてなにもない。

「さて、気合を入れ直して続けますか」

『ああ、そうだな。まだまだ戦いの途中なんだ。こんなところでへばっているわけにはいかないぞ』

5

蜂型兵器と交戦することしばし。自分と戦い続ける中で、連中の動きも徐々に変わってきた。

最初は、一様に一定距離を保って針を撃ってきていた。しかし、【真同化】によって離れていてもぶった切られるということを学習すると、突っ込んできて突き刺そうとしてくる奴と、今まで通り一定距離を保って針を射出してくる奴の連携が見られるようになった。

しかし自分は、それがどうしたと無理やり思いながら、距離を保つほうは【真同化】で、接近してくる奴はブレードで叩き落として対処する。ブレードだと切り裂くことはできないが、叩き落としたら踏み潰して無力化できる。

（マスター、そろそろ私も動きましょうか？）

そんな立ち回りをしていると、指輪に宿るルエットが久しぶりに念話で話しかけてきた。確かに彼女に【真同化】を動かしてもらえば楽になるんだが……

（いや、いい。今はまだ魔力の温存を最重視してほしい。それよりも一つ質問だ。あの有翼人のトップが繰り出してきた紫電の球体による攻撃……あれを、一回だけでいい、止めることはできるか？　もし止められたら、その後は休眠状態に入ってしまっても構わない）

あの攻撃を直撃させられることだけは、何としても避けなければならない。だから、あれを防御できる手段が一枚でもあればありがたい。そんな気持ちで聞いた自分の問いかけに、ルエットの返答は――

（空に向けて受け流していい、という条件であれば、ぎりぎり一発だけなら何とかなると思う。真正面から受け止めるとなると、ある程度減衰させることはできるけど、完全に防ぎ切ることは不可能だと予想するわ）

十分だ。上空には何もないし、二次被害に繋がり得る物は確認できない。

（それでいい、いざというときにそれが十全にできるよう、今は我慢していてくれ。あの攻撃は危険すぎる、直撃を受けたらそこで全てが終わりかねない）

そう伝えると、ルエットは（分かったわ、じゃあそのときまで待機しておくわね）と答えた。

もしルエットにも防御できないのであれば、今相手しているウリエルを倒した後に実体化してもらって、攻撃に参加してもらうつもりだったが……できると言ってくれた以上は温存だ。

ルエットとの念話を終え、蜂型兵器とウリエルのコンビネーションと何とか戦い続けていると、連合軍のいるほうから爆発音と地響きが聞こえてきた。向こうで動きがあったようだが、果たしてその内容はなんだ？

「敵を破壊したぞ！　アース、待たせたな！　今からそっちの援軍に行く！」

「ウリエルを二機引き付けてもらったおかげで、相手の動きも倒し方も分かりました！　感謝します！」

聞こえてきたのはツヴァイとカザミネの声。察するに、さっき響いたのは、向こうで戦っていたウリエルが倒された音か。

連合軍の援護射撃によって、自分を狙っていた蜂型兵器が一気に片付けられていく。そうして蜂型兵器が減ったところで、ツヴァイがウリエルに斬りかかった。

「アース、よく見ておけよ！　こいつらの弱点は……ここだ！」

ツヴァイの大剣による一撃がウリエルの右腰部分を切り裂く。その直後にくぐもった爆発音が聞こえたと同時に、ウリエルの動きが一気に悪化する。

「そして、次はここなんです！」

今度はカザミネの氷の大太刀が左肩に振り下ろされ、人間ならば心臓がある辺りまでを切り裂く。氷の大太刀が引き抜かれると、ウリエルは途端に力を失って膝をつき、体中に紫電が走る——あ、これ爆発するんじゃないの？

そう思って距離を取ると、案の定ウリエルは爆発を起こして無残な姿になり、残ったパーツが大きな音と共に地面に落下した。さっきの地響きはこれか。

残ったウリエルは、自分が【真同化】でウリエルの右腰部分を攻撃して動きを悪化させたところを、再びカザミネが切り裂いて爆発させて始末した。

ふむ、どうやら弱点部分だけは装甲の性質が違うのか？【真同化】を使ったとはいえ、ずいぶんあっさり攻撃が通じた。

「これでお終いだ、ご自慢の最新兵器もこんなもんだぜ！」

ツヴァイが炎の大剣の切っ先を有翼人のトップに向けながら、ドヤ顔で宣言する。そのツヴァイを、有翼人のトップは憎らしげに睨《にら》んでいた。

「魔剣か。貴様らを倒した後は、地上から魔剣を全て奪い取る必要があるな。だが、それを知れたことは収穫であると考えるとしよう。それに、ただ魔剣持ちであるなら倒せるというわけではあるまい。特にそっちの氷の魔剣を持った男。貴様と同じように、ほんの僅かの隙間を通す斬撃をできる者がそういるとは思えん」

なるほど、弱点であることは確かだが、カザミネの技量あってのものであるのか。そうなると、カザミネが倒されてしまうと一気に苦しくなるかもしれない。

「お褒《ほ》め頂けましたが、貴方から褒められても嬉しくはないですね」

当のカザミネは、大太刀を構えながら有翼人のトップにそう返す。うん、お互い敬意を持って戦った相手であればカザミネも喜んだだろうが、そういう存在じゃないよなぁアイツは。

「まあいい。ウリエルは倒されたが、十分に時間は稼げた。それでは、次の攻撃といこうか。さて、耐えられるかな？」

げ、再びあの紫電を纏った光球が生み出された。しかも今回は生成が早い！　あの野郎、回復ついでに撃つ準備をちゃっかり整えてやがったんだな！

ツヴァイやカザミネ、地上連合軍のほうからも慌てた様子が伝わってきたが……一人だけ、この状況を想定していた者がいたようだ。

『ふん、その行動は私の予想の範疇《はんちゅう》から出ていない。悪いが、外の者達に、今は障壁を張るのではなく地面に伏せるよう伝えてくれないか？　例の改造した島からの砲撃をここで行う。あの光球ごと、奴を吹き飛ばしてみせるさ……発射準備はもう完了している、あとは細かい誤差を修正するだけだ』

そう、スーツに宿っていた研究者がすでに手を打っていたのだ。

だから自分は、大声で「地上連合軍は今すぐ地面に伏せろ！　でかい一撃が来るぞ！」と叫んだ後、真っ先に地面に伏せる。

「アース、でかい一撃ってなんだ⁉」

「いいから伏せろ！　隠し玉を持っていたのは向こうだけじゃないってことだ！　巻き込まれないようさっさと伏せろ！」

自分の声の様子から、本当に何かがやってくると感じ取ったのだろう。ツヴァイもカザミネも、地上連合軍の皆も一斉に地面に伏せた。

「でかい一撃だと？　では見せてもらおうか、その一撃とやらを。まあ、こけおどしだと思うがな……そして、この一撃でお前達は皆消滅する。そら、撃てものなら撃ってみろ！」

そんな有翼人のトップの言葉と共に、こちらに向かって光球が発射されたのとほぼ同時に――

『最終発射シークスエンス完了！　古代技術式砲塔改良型〝Fallen Angel Buster〟――発射‼』

研究者の言葉が聞こえた。それから一瞬の間も置かず……すさまじい轟音が発生した。更に、紫電の光球と研究者が発射した攻撃――直訳すると『堕天使を破壊するモノ』――とがぶつかり合い、全てがものすごい光に包まれたのだった。

(目を開けていられない!)

スーツの中にいる自分でもこうなのだから、他の人にとってはいったいどれほどの眩《まぶ》しさか……失明とかしないといいのだけれど。

その状況はしばらく続き、収まった後もとてもじゃないがしばらく立ち上がれなかった。

さて、とんでもない一撃が放たれたわけだが……奴はどうなった?


様子を窺いながら立ち上がった自分が最初に目にしたものは、伏せる前には存在しなかったはずの、無数のウリエルの残骸の山だった。

『あの四機だけしかいないとは考えてはいなかった。だが、私の攻撃を防げないと判断してすかさず前に呼び出して盾にしたのか! これでは仕留め――』

それを確認した研究者の声が聞こえたとき、自分は咄嗟《とっさ》に右斜め前に転がった。すさまじい殺気に体が自然と反応して、半ば無意識に回避行動をとったのだ。

この行動は正しかった……それまで自分がいた所には、大きな斬撃の跡が付いたのだから。

「忌々しい! ここでウリエルを大量に失うことになるとは……まさかここまでの隠し玉がある

とは思っていなかったぞ、地上の屑どもが！　しかし、あれだけの攻撃だ。二回目はあるまい？あったとしても、もうこの戦いの最中には使えまい」

目に見えない剣（？）にて攻撃を行いながら、有翼人のトップはそう指摘してきた。体のあちこちに血が滲み、服が紅《くれない》に染まっている。

それに対して研究者が言葉をこぼす。

『今の砲撃は、古代技術兵器の中でも最大限破壊力に特化した物に、これまで得てきたデータと技術を融合させた、私の切り札だった。直撃すれば、あの光球を消し飛ばし、障壁を破壊し、奴自体も塵《ちり》と出来ていたはずだったが……あれだけの数のウリエルを盾として凌《しの》がれてしまった』

計算に計算を重ねて、いけると思ったからこそ放った攻撃も、計算外の方法で大幅に減衰させられてしまうと厳しいだろう。

『そして悔しいが、奴の言う通りだ……今の一撃で、我々が護ってきた島にあったあらゆる施設の機能がダウンした。もう復旧は望めない。そもそも、すでに砲身が焼き切れてしまったはずだ。それだけ無理をさせて放ったというのに……私は、やはりあいつには勝てないのか……』

研究者の言葉から戦意が消えていく。

だが、それじゃ困る。

こっちにはまだ手札が残っている。なのに勝手に諦められたら、勝てるものも勝てなくなる。仕方がない……

「寝言を言うな！　切り札が一枚効かなかっただけだろうが！　地上連合軍は健在だし、あの光球による被害は抑えられたんだ！　今の砲撃だって無意味ではない！　まだ戦いは終わっちゃいないんだぞ？　絶望なんて死んだ後にでもすればいい。だが諦めないことは今しかできん。一つの失敗だけで、今しかできないこの一瞬を勝手に放棄するな！」

自分らしくもなく声を張り上げて、研究者を一喝《いっかつ》する。自慢の切り札が破られたことへのショックは分かる。だが、戦いは切り札一つで決着がつくようなもんじゃない。全部の手札を使った上で、それでダメでも往生際が悪いと言われようが最後まであがき抜いて……勝利ってのは、そうやってもぎ取りにいくものだ。

『――君の言う通りだ。すまない、諦めるには早すぎたな。私にできることを探してサポートさせてもらうよ』

どうやら、少し立ち直ってくれたかな？

それに、先程の攻撃はもう一つ仕事をしてくれていた。それは、隠されていたウリエルを削ってくれたこと。

残骸から大雑把に計算すると、七機か八機といったところかな？　もしそれだけの数を有翼人のトップと同時に相手するとなっていたら、苦戦どころの話ではなかっただろう。

さてと、それを踏まえて、有翼人のトップにはこう言い返すか。

「だが、そっちも無傷じゃ済まなかったようじゃないか？　隠していたご自慢の最新兵器とやらも、攻撃に回せずに盾として使ってしまったようだしな。こちらにとって、一定の収穫はあったってわけだ」

自分の返答に、有翼人のトップは顔を歪める。その一方で地上連合軍からは、「そうだそうだ」とか「奴も不死身ではない！　戦いはここからだ！」との声が上がり、なんとなく士気が高まったのを感じ取れる。

まだ、流れはどちらの側にも傾いていない。それを自分のほうに引き寄せられるかどうかは、ここからの行動次第だろう。

と、ここで自分は一つ気が付いたことがあった。

（ってか、あれ？　そういえば白羽さんはどこに行った⁉　考えてみると、有翼人のトップとの戦いが始まってからずっと姿を見せていなかったような……まさか逃げたとは思えないけど、しかし、いったいどこに――）

次の瞬間、自分はスーツを纏っていてよかったと心から思った。

なぜなら、もし今素顔を晒していたら、絶対に驚きの表情を隠すことができなかっただろうから。

舌打ちをしながらこちらを睨む有翼人のトップ。その少し後ろの上空に、突如白羽さんが音もなく姿を見せたのだ。そしてそのまま、得物《えもの》の大太刀を音を立てずに振り下ろす！

「ナニぃっ⁉」

大太刀が奴の纏っている不可視の障壁に触れた瞬間、金属と金属がぶつかる音がけたたましく周囲に響いた。その音で上から攻撃を受けたと察したらしい有翼人のトップは、咄嗟に横に動く。だが、完全には回避しきれず、七枚ある奴の翼の一部が血飛沫と共に宙に舞う。

「うっそ、この攻撃でも仕留められなかった⁉」

一方で、白羽さんもこの展開は想定外だったようで、驚きを含んだ言葉を発していた。

長時間隠れたままで、必殺のタイミングを計っていたのか。誰にもそれを伝えなかったのは、知ってしまうとどうしても彼女を当てにしてしまい、その結果がこちらの動きに滲み出て、作戦がバレるのを避けるためだろうな。

白羽さんは素早く跳躍し、自分の隣に戻ってきた。そして自分に向かって片手で拝《おが》む仕草をしながら……

「ごめん、失敗しちゃった！　あいつの纏っている障壁の堅さはとんでもないわね。あれだけの攻撃を受けた直後だから、流石に弱っているだろうと思って仕掛けたんだけど、もう回復してたみたいで……やっぱりあの障壁、なんかカラクリがあるわ。いくらなんでも回復が速すぎるもの」

――白羽さんの見立ては、おそらく間違っていない。確かに防ぎ切られたものの、研究者の最大の切り札である砲撃は並の威力じゃあなかった。いくらウリエルを盾にしたとはいえ、障壁にも相当なダメージがいっているはずなんだ。

その証拠に、有翼人のトップが纏う服は血で汚れている。信じるにはこれで十分だ。だから、白羽さんが攻撃を仕掛けたタイミングは間違っていない。

だというのに、先程白羽さんが完全に意識の外から行った攻撃を、これまた完全ではないが確かに防いでいる。さっきの太刀筋からして、もし障壁がなければ――奴の首を刎《は》ねる軌跡を描いていたはずなのだ。

白羽さんというドラゴンの巨力をもって振るわれた大太刀だぞ？　普通なら、いくらなんでもそこまで急速に回復することが可能だとは思えないんだよな。

いくら技術の差が大きいと言ったって、限界ってものは間違いなく存在する。もし、そこを覆せるとするなら、何らかの理由が――何らかの、補給手段が、ある？

もしや、他の建物は地面の下に沈めたのに、中央の塔だけは残した理由って――

「あの中央の塔には、あいつを護っている手段を強化や回復をする支援装置があるのか？　だから、あの塔だけは地上に置かなければいけなかった？」

自分が口にした呟きに、白羽さんはまさかという表情を有翼人のトップに向け、研究者は――

『そうか！　私の最大の切り札を、ウリエルという盾があったとはいえあの程度の軽傷で済ませるには、障壁のパワーを大量に使わなければ計算が合わない！　そしてそれだけのパワーを使った直後に、今の攻撃までもを防御できるはずがないんだ！　つまり――』

そう言って何やら計算を始める。

一方で、地上連合軍は奴の翼の一部が切り裂かれたことを好機と見たのか、ここまで防戦を強いられた鬱憤《うっぷん》を晴らすかのような勢いで、有翼人のトップに向かって突撃した。

「奴は弱った！　今こそ攻めろ！」

「ここまで前に出ていた者達は、後ろに下がって呼吸を整えろ！　今度は俺達が前に出る！」

「次は俺達が負担する番だ、この機を逃すな！」

彼らはそんな声を上げながら突撃し、今まで最前線に立って戦っていた自分や『ブルーカラー』の面々を護るようにして戦い始める。

『彼らの言う通り、君はひと休みしておくべきだ。私としても、彼らと戦うことで奴の障壁がどうなるのかを見て、計算に取り入れたい』

研究者の言葉ももっともか。再び【真同化】の奥義である《霜点》を放つには、まだしばし時間がかかる。ここは彼らに任せていったん下がっておこう。

そう考えて後方に下がり、『ブルーカラー』の皆、雨龍さん、砂龍さんと合流する。

「こうして息を整えられる時間は最後だろうから、今のうちにな。ポーションに頼り過ぎると中毒を起こしちまうし……」

　ツヴァイの言葉に頷きつつ、戦況を注視する。連合軍の攻撃は大半が障壁に止められているが……

「攻撃が時々当たっているな。ついに奴の障壁も限界を迎えたのかもしれん。このまま連合軍が押し切ってくれれば、地上で待っている魔王様にいい報告ができるんだが」

　レイジの言葉に、他の『ブルーカラー』の面々が頷いた。確かに、エネルギーが補給されている可能性があるにせよ、それを上回る攻撃を続ければ問題ないか。

　有翼人のトップは、白羽さんに斬られたところが相当に痛むようで、連合軍の猛攻に対して反撃するどころか、時々障壁をすり抜けてくる攻撃の痛みに悶《もだ》えている様子が窺える。

「ホホホ、どうやらあの者も年貢の納め時のようですわ。これまでの行いにふさわしい結末を迎える時も、そう遠くはないようですね」

　有翼人のトップの姿を見て、エリザがそんなことを口にした。

「油断だけはするでない。まだ、奴は死んでおらぬ。確実に首を取るまでは、休息を取る間も気を緩めてはならんぞ？」

　しかし、雨龍さんはエリザにそう忠告する。

　確かに奴の傷は増えていく一方だ。誰がどう見ても、連合軍側が押しているようにしか見えない。

レイジも言っていたが、このまま押し切ってくれれば、それが一番いい。このまま終わってくれるのであれば、【真同化】にも無理をさせないで済むし——

6

後ろに下がっていた自分達は、有翼人のトップの最期となるであろう姿を遠くから見ていた。

連合軍の前衛組は、べったりとは張り付かず、一撃入れたら下がって、入れ替わりで他の人が一前に出る、という動きを繰り返している。このおかげで、有翼人のトップは狙いを定め切れていない。

そこに後衛の人達が、邪魔にならない範囲で弓や魔法による攻撃を差し込んでいる。更にドラゴンの皆さんが、攻撃範囲を限界まで絞って細いレーザーのようになったドラゴンブレスで焼く。ブレスが当たるたびに、有翼人のトップが悲鳴を上げている。

（もう、奴には抵抗する力はほとんどないな。もう障壁もほとんど機能していない。このまま押し切れるだろう……これで、【真同化】の中にいる皆さんの敵討《かたきう》ちは無事に終わる。よかった）

龍の国にいたあのフィールドボスモンスターが言っていた、「敵討ちをやるなら、仲間を集めてやれ」というアドバイス通りになったのかね。

【真同化】からも、有翼人のトップが為す術《すべ》なくやられている姿に対し、悪事の報いを受ける時が来ただけだ、ここで全てを終わらせて悪夢を断ち切ろう、という思念が飛んでくる。まあ、その通りだな。

そんなとき、突如、有翼人のトップの近くにいたドラゴン達が一斉に空に飛び上がった。

何事だ!?と自分が疑問に思ったのと、それはほぼ同時だった……ドラゴン達と雨龍さん、砂龍さんの叫びが周囲に響き渡ったのは。

『『『『「いかん、今すぐそいつから距離を取れ！！！！！」』』』』

この声に反応できたのは、連合軍のうちの二割弱ぐらいだったと思う。その大半が弓使いと魔法使いで、前衛の兵士達はほとんどが反応できなかった。いや、急なこと過ぎて、反応すること自体、ほぼ不可能だっただろう。

その直後、唯一残っていた塔の天辺から、紫色の弾丸のようなものが飛んできたのを、自分の目は偶然ながら捉えた。

その紫色の弾は、有翼人のトップに命中。そして……真っ黒い球体が発生した。

おそらく、この球体が存在していたのは一秒前後という短い時間だったはずだ。だが、その黒い球体が見せた光景は自分の目に焼き付いた――雨龍さん達の警告に反応できなかった地上連合軍の兵士達を、有翼人のトップごとブラックホールのように吸い込んでしまったのだ。

「え？」

「な、何があった⁉」

「み、皆どこに行ったんだ……」

「吸い、こまれた？」

「う、嘘でしょう……⁉」

自分を含め、それを見ていた人達が声を漏らすが……状況が把握できず、若干混乱した言葉しか出てこない。何が、どうなってるんだ？　もしかすると、もう勝てないと悟った奴が周囲を巻き込んで自決――

「ふ、ふふ、ははははははは！　なるほど、なるほどな！　感謝するぞ、地上の屑どもよ！　まさかお前達が、我《われ》が神として更なる高みに到達するための糧《かて》であったとは！　だが、攻撃をあえて受け続けているうちに、我は確信を持った！　これほどの力を持つのならば、我が糧足りうると！　姿こそ屑に見えるが、その中身は美味なのだと！」

しかし、そこへ有翼人のトップの声が周囲に響き渡った。

どこだ？　奴はどこだ⁉　周囲や上空を見回すが、姿を確認できない……とそこに、研究者が声をかけてきた。

『前だ！　先程のブラックホール現象らしきものが引き起こされた場所に、生体反応を確認――反応パターンからして、奴で間違いない！』

研究者の言葉に従って、その地点に目を向けると――奴だ。

だが、姿が少し違う。まず、白羽さんに斬られた翼の一部が再生している。それに着ているものが服から鎧になっており、それが白銀に輝いている。

「――奴の体内から、連合軍の兵士達の魂を感じるぞ……間違いない、奴は食ったのじゃ！　兵士達の体を、装備を、魂を！　そしてそれを糧に進化した！　奴は何者じゃ、今まで有翼人だと思っておったが……中身は全くの別物じゃ！」

雨龍さんがそう叫んだ。彼女を見ると……なんとその顔に冷や汗が。砂龍さんも同じ反応をしていた。このお二人が冷や汗をかく――それはつまり、今のあいつはとんでもない化物と見るべきか。

「だが、引くわけにもいくまい！　レイジ、カザミネ、奴の雰囲気に呑まれてないで行くぞ！」

「お、おう！」

「お供します！」

ツヴァイがレイジとカザミネを伴って、突撃を敢行した。

と言っても肉薄するわけではなく、炎の魔剣のアーツである《フレイムライン》で多少離れた所から攻撃を仕掛けるようだ。レイジも片手斧を投げる構えを見せていることからして、多分使うの

は片手斧投擲《とうてき》系アーツだろう。

「《フレイムライン》！」

「《ミーティアハンマー・ネオ》！」

二人のアーツが発動し、炎が地面を走り、オーラを纏って二回りほどでかくなった片手斧が飛んでいく。だが、これらの攻撃に対し、新生した有翼人のトップはただひと言を発した。

「児戯《じぎ》だな」

その言葉と同時に、有翼人のトップの前にハニカム構造――いわゆる蜂の巣型――の壁が出現。その障壁の前に、《フレイムライン》はあっけなく消失し、《ミーティアハンマー・ネオ》は纏っていたオーラが一瞬で消されて撥ね返された。

ちなみに、撥ね返された片手斧はレイジの手に戻る……ああ、回収の手間はないんだな。

「なら、これはどうですか！」

有翼人のトップを守る障壁に、カザミネが大太刀を真横に振り抜いて斬りかかった。が、彼の氷の魔剣は僅かに切り込むことすらできず、完全に止められてしまった。

「力の大小こそあれど、今の我の前には等しく児戯だな。つまらん」

言うが早いか、有翼人のトップは右手から黄色い球体を生み出し――それを食らったカザミネが宙に舞う。

「いけません、《アクアラ・ヒールストリーム》！」

普段ののんびりした調子が一切ない、ミリーの〈水魔法《みずまほう》〉による回復。そのおかげでカザミネは持ち直したようで、受け身を取り、地面に叩きつけられるような事態は何とか回避した。

「ミリーさん、助かりました……」

ミリーが焦るはずだ。まさか、軽く撃ち出された一発でカザミネが瀕死に追い込まれるなんて。

幸い、先程の回復魔法で一気に全快したようで、カザミネの動きに鈍った様子はない。

「それよりもマズいぜ。こっちの攻撃が効いた様子が全然ない……俺の《フレイムライン》は様子見だから防がれてもいいが、今のレイジやカザミネの攻撃が全く刺さらねえってのはマズ過ぎる。パワーアップし過ぎだろ……！」

ツヴァイが憎らしげに有翼人のトップを睨みつける……一方で、有翼人のトップは満足げな笑みを浮かべた。

「ふ、思い知っただろう？　お前達と我とでは、大きな力の差があるということをな。ましてやお前達が頼みとしていた人数差すら大きく失った。勝てる道理はないと受け入れるのが賢《かしこ》さいうものよ。もちろん、無駄にあがくもよしだ。その分苦しむがな？」

そんな言葉を言い捨てた有翼人のトップに対し、今度はドラゴンの皆さんが一斉にブレスを吐いた。が……ブレス攻撃が終わった後に現れたのは、ハニカム構造の障壁自体が全く欠けておらず、一切ダメージを受けた様子がない奴の姿であった。

「ふ、ドラゴン自慢のブレスすら、我が前には無力よ。神としての位階を上り、力を更に高めたことを、お前達自身が証明してしまったな？　ほれ、まだあがくか？　好きにすればいい。好きにあがき、好きに絶望しろ。それを感じ取る時間をくれてやるぐらいの慈悲は、我にもあるからな」

ならば、というわけじゃないが、自分はスーツに残されていた数少ない攻撃手段である、左肩のレーザー砲を起動。その間に白羽さん、雨龍さん、砂龍さんが一斉に切り込んでいる。

だが、その三人の攻撃であっても、奴の障壁を崩すどころか傷を付けることすらできていない。

「発射する、回避を！」

チャージが完了したので、三人に指示を出して射線を空けてもらう。

ありったけのエネルギーによる全力でのレーザー照射……しかし、やはり奴の障壁を破ることはできなかった。

「――こういうことだ。そろそろお前達の足りない頭でも分かってきたのではないか？　我に届く攻撃はない、と」

しばらく放心していた他の地上連合軍の面々も参加して、様々な攻撃を有翼人のトップに対して試みる。だが、だが。

結果は全て同じ。全てが等しく、そして容赦なく無力化された。その事実を前に、連合軍側の戦意が一気にしぼんでいくのを感じる。このままでは……

（――自分の手札には《霜点》が残っているが……まだ放つ準備が整っていない！　それに、障壁を切り裂くだけでは意味がない。奴の体に刃を届かせねばならないのだから。くそ、一転して最悪に近い状況になってしまった）

《霜点》が再発動できるまで奴が待ってくれるか？　何とかして時間を稼ぎたい……ここは、自分の変身を使う時が来たかもしれない。

「質問がある、エネルギーの残量はあとどれぐらいだ？」

『さっきのレーザー砲でかなり消耗した。率直に言おう、あと一回攻撃を行えば、もはや普通に歩くことすら困難になるだろう』

自分の質問に、研究者からはそんな言葉が返ってくる。

エネルギーだけの問題じゃない。装甲ももはやぼろぼろで、元の姿からは見る影もないほどに傷ついている。それだけよく戦ってくれた、頑張ってくれたことの証《あかし》でもある。

「了解、ここからは生身《なまみ》で戦う。ただ、一つだけ要望がある。必ず、奴に最後の一撃を入れるチャンスを作る。だからそれまでは、どんな展開になろうともひたすら耐えて、最後のエネルギーを温存していてほしい」

奴へのトドメは、長い時間をこのような姿になってまで耐え忍んできた研究者にこそ刺させてあげたい。魔剣の中にいる皆も、きっと分かってくれるだろう。

『――分かった、その言葉を信じよう……長らく人と関わらなかったから、この言葉が正しいのか分からない。だが、それでも口にさせてもらう。頼んだぞ、相棒』

相棒、か。接した時間は長くはないが、そう言ってくれるのか。

なら、何としてもその期待に応えなきゃ漢《おとこ》じゃないな。

「ああ、行ってくる。最後の詰めは頼むぞ、相棒」

前面装甲がスライドし、自分の体がスーツの外に出る。その後すぐに軽く走って、ツヴァイ達のもとに合流する。

「アース、あのスーツは!?」

「さっきの砲撃で限界を迎えてしまった。ここからは生身で戦わせてもらう」

自分がそうツヴァイに返答したところ、これを聞いていた有翼人のトップがにんまりと笑みを浮かべた。

「そうか、そうか。あの兵器はなかなかの障害であったが、ついに限界を迎えたか。これでそちらの戦力がまた一つ、失われたな」

――悔しいが、その通りだ。あのスーツの戦闘力は非常に高く、あれがあったからこそ有翼人の軍勢相手に消耗を抑えながら無双することができたのだ。そのことに感謝は尽きないし、スーツに宿っている研究者の悲願を叶えるためにも、こいつには負けられない。

「――ふん、気に入らんなその目が。頼みとしていた戦力が失われたというのに絶望していない、その目が。なるほど、お前にはまだ何か策があるということか。流石は、我に対して殺気を向けてきた人間だ」

奴が言っているのは、空の世界が解放された初日の出来事のことだろう。初めて奴を見たあのとき、一瞬ながら奴に向かって敵意をむき出しにしてしまった記憶がある。それを感じ取っていたのか……だが、人間一人に何ができると思って、放っておいたんだろうな。

「もっとも、それも無駄な努力に終わるだろうがな？」

そう言いながら、ハニカム構造の障壁を見せつけてくる。確かに、奴がそう言うだけの防御力を持っているからな……《霜点》以外であの障壁を抜ける気がしない。

だから再び《霜点》が使えるようになるまでの間、いろいろ仕込んだ武器で有翼人のトップの気を引こうと考えていたのだが……ここで、奴は自分の想定外の行動に出てきた。

「おっと、時間切れだ。お前達のあがきに付き合うのはここまでにしよう。こちらの勇士達の出撃準備が整ったようだからな。そちらも大勢で攻め込んできたのだから、こちらが数を用意しても卑怯とは言うまい？　さあ、休息を終えた勇士達よ、その力を再び戦場で振るってもらうぞ！」

そんな有翼人のトップの言葉と共に、建物が三つほどせり上がってくるのが見えた。何が出てくるんだ……？

　自分達が身構える中、その建物の中から姿を見せたのは――プレイヤー達だった。全員の装備が新調されているし、デスペナルティによるステータス低下で動きがぎこちなくなっている様子もない。どういう仕組みかは分からないが、完全回復しているらしい。

「更に、我から勇士達に力を与えよう。我らが敵を、その力で打ち倒すがよい！」

　現れたプレイヤー全員の周りで虹色の光が舞う。おそらく、強力なバフ系魔法だろう。虹色ってところからして、様々な効果を内包した強化であるってのは察しが付く。

「むう、これは異常だ。あんな無理な強化を施せば、下手すれば自壊しかねんというのに……その様子が窺えぬ。アースよ、一瞬の油断で己の首が飛ばされると心得《こころえ》よ。すさまじい力の奔流《ほんりゅう》が、向こうの戦士達の体を駆け巡っているぞ」

　砂龍さんの言葉に頷く自分。この忠告がなかったとしても、背中を流れっぱなしの冷や汗が危険性を教えてくれる。いったいどれだけの強化が施されたんだ……

「レイジ、カナ、二人は防御を重視しろ！　カザミネも無理に切り込むな！　確かにあれはヤバい。一人ひとりがボス級になったようなもんだと考えろ！」

　ツヴァイも『ブルーカラー』の面子にそう指示を飛ばす。ちらっと横目で見てみると、ツヴァイの顔にも冷や汗が浮かんでいるのが見て取れた。

その一方であちらさんはと言うと――

「よっしゃ、これでもう負けることはねえ！」

「リベンジだ！　ぶっ飛ばしてやる！」

「ここで活躍して、ご褒美をいっぱい貰わなきゃね！」

「相手は訳の分からんモンスターだが、ここで食い止めてみせる！　皆行くぞ！」

「攻撃開始だ、派手にぶっ飛ばして構わん！」

「たまったストレスをここで全部吐き出すぜ！」

とまあ、元気いっぱい。そしてその勢いのまま、こちらになだれ込んできた。

「洗脳されているのが、本当に厄介ですねぇ～」

「まったくもう、イライラしますわ！」

それに対してミリーとエリザが、範囲攻撃魔法をいくつかぶち込むが……プレイヤー達は勢いが僅かに鈍ることもなく突っ込んでくる。

「唸《うな》れ、【八岐《やまた》の月《つき》】！」

自分は愛弓に矢を二本番《つが》えて放った。弓の特殊効果で矢は分身して十六本となり、迫り来るプレイヤー集団に牙をむく。しかし……一定の効果を上げたのは元の二本の矢だけで、分身した矢はことごとく弾かれた。金属鎧を装備したプレイヤーだけでなく、布装備の魔法使いプレイヤーにもだ。

流石に目を疑ったが、まぎれもない事実だ。どんだけ防御力が跳ね上がっているんだ？

「おらいけ！」

「ぶん殴れ！」

ついに接近を許し、大盾持ちのシールドバッシュや大剣などによる一撃が自分達に振るわれる。レイジとカナがそれらの攻撃を必死に防御しているが……このままでは長くは持たない！　何とかして勢いを削ぐ手段を考えないといけない。アクアも〈氷魔法〉で盾を作って積極的に守ってくれているが、それでもこちらが押されている。

（マズい、僅かに生き残っていた連合軍の人達もやられている！）

矢を乱射する傍らで確認すると、異様な強化を受けたプレイヤー軍団の勢いに呑まれ、味方はバタバタと数を減らしていく。人だけではなく、ドラゴン達も一匹、また一匹と討ち取られてしまっている。背中に地上連合軍の兵士を乗せて空高く飛び上がれたドラゴンもいるが、その数は少ない。それに、空に逃れても矢や魔法がガンガン飛んでいっている。

地上連合軍は、これで壊滅状態に陥ってしまった。そして総数が減れば、生き残りに向かって放たれる攻撃の数はますます増える。

「調子に乗ってるんじゃないわよ！　借り物の力で強くなったって――」

この状況で奮起したのが白羽さんだった。得物の大太刀が振るわれるたび、プレイヤーの首が次々と宙に舞って地面に落ちる。

「結局こういう心が弱いところは変わってない！　むしろ警戒心が薄くなってるからもっと弱くなったんじゃないの？」

そんな光景を見せられて、流石にプレイヤー軍団の勢いが僅かに衰えた。その機に打って出たのは、雨龍さんと砂龍さんの師匠コンビ。

「砂龍、我らも攻めようぞ！」

「うむ、首を飛ばせば死ぬ。強化を施されても変えられぬものがあることを思い出させるのだ。その恐怖心が体を縛るでな」

雨龍さんの薙刀が、砂龍さんの大太刀が、銀の線となって戦場に閃《ひらめ》く。銀の一閃が過ぎ去った場所に残されるのは、これまた首なしの体。これで更にプレイヤー達が怯んだ。

「ツヴァイ、私もあの方々に続きます！　ここで攻めることができなければ、数に押し潰されて死ぬだけです！　ツヴァイもメテオの準備を！」

「了解！　カザミネ、頼んだぜ！　ミリーとエリザはありったけの支援魔法で強化してくれ！」

二人に続いてカザミネも飛び出した。ミリーとエリザが自分達に更なるバフをかけて強化してくれる。

自分も【八岐の月】を用いての射撃を頭部狙《ヘッドショット》いに切り替えた。かつてゲヘナクロス教国との戦いでやった、指揮官の頭部を消し飛ばす戦法だ。

「伸ばした魔剣を隕石に突き刺して叩き落とすまで、少し時間がかかる！　済まないが皆、その間の攻防は任せたぜ！」

「何としても持たせてみせる、だから失敗するなよ！」

ツヴァイの言葉に、レイジが大声を返す。まだ、このメンバーに諦めの色はない。この雰囲気のまま乗り切ってしまいたいところだ。

7

積極的に斬りかかる白羽さん、雨龍さん、砂龍さん、カザミネ。後ろから攻撃する自分、ミリー、エリザ。更に、僅かながらまだ生き残っている地上連合軍の兵士達が負傷した体に鞭打って、空に浮くこれまた負傷しているドラゴン達の背から弓や魔法で牽制《けんせい》。

敵のプレイヤー軍団側もこれ以上はやらせてなるものかと防御を重視したようで、倒される人は一気に減ってしまった。

「首を飛ばせなくとも構わぬ、奴らを攻めに転じさせるな！　こちら側が圧倒的に寡兵《かへい》なのだ、もう一度攻めに回られたら数で押し潰されるぞ！」

「承知しているわよ、だからこそこういう派手な立ち回りで首を狙っているんだから！」

雨龍さんの声に白羽さんが応答。

おっと、その白羽さんを狙っていたプレイヤーを、【八岐の月】で射かけて妨害。矢は腕や肩に当たり、突き刺さりこそしなかったがそれなりの衝撃を与えたようだ。矢を受けたプレイヤーは体勢を崩し、攻撃の機会を逸した。

（そうそう、こういう感じ。こういう感じで妨害すればいいんだ、焦るなよ自分。首狙いはできる時にやればいいだけだ。正直、今の戦況は薄氷の上にあるようなもの。いつどんな切っ掛けで一斉に崩れてもおかしくない。でも、今までだってこんな戦いは何度もやってきたはずだろう？　ただ今回はちょっと規模が今までより大きいってだけの話だ）

焦れば、矢はその焦りを反映するかのように当たらなくなってしまう。だから過剰に上がりそうになる心拍数を何とかコントロールして冷静さを保つ。当たりさえすれば【八岐の月】の攻撃力なら相手の体勢を崩すのは容易いし、頭部に当たればこれまた容易く首を飛ばせる。だからきちんと当てることだけを重視して、焦らず急がず確実に矢を放てばいいのだ。

「くそ、奴ら、少数になってからぐんと強くなりやがった！　どうなってんだ！」

「飛んでくる矢の威力が狂ってる、こっちの防御力はめっちゃ上がってるのにそれでも痛いとか！」

「空からの攻撃は痛くねえけど、爆発系の魔法が煙幕代わりになっててすげえ邪魔！　誰かアレ落とせねえか!?」

「というか、奴らの中央から立ち上ってる火がやばくねえ？　あれ阻止しないととんでもないことになりそうなんだが」

「止めに行けるなら行ってるわ！　下手に盾役の前に出たら首が飛ぶから、出るに出られねえんだよ!!」

最初は強化された影響で押せ押せムードだった敵プレイヤー側も、今は一転して少数相手に防衛主体の戦いを強いられるようになったためか、相当に焦《じ》れてきているようだ。

——だがそれも、こちらが後のことを考えない全力の攻めを仕掛けているからこそ。この状況は長く維持できるものではないと、こっち側の誰もが分かっているはず、だ。

（グラッド達はまだ、塔の攻略が終わらないのか？　あの塔が破壊されて洗脳装置が停止すれば、プレイヤー達が解放されて、状況に大きな変化があるはずなんだが……！）

前線で刃を振るう四名が、息切れし始めている。あの雨龍さんや砂龍さんですらも息が乱れつつあるのだから、かなりマズい。

と、ここで【真同化】から、《霜点》の再発動の準備が整ったことを伝えられた。しかし、今は有翼人のトップに斬りかかれるための道がない。立ちはだかっているプレイヤー達が止まってくれないことには――

「来た！　前に出てる四人、いったん下がってくれ！」

ここで、ツヴァイの魔剣の奥の手であるメテオの準備が終わったようだ。ちなみに正式名称は《おだんごすとらいく》のはずなのだが、あまりに気が抜けるので、今回だけはメテオと呼称させてもらう。

前線で踏ん張り続けていた四名が、アクアの作っている氷の盾の中に素早く引っ込む。それを確認したツヴァイは、プレイヤー軍団が一番多く集まっている場所に向けて、魔剣を勢いよく振り下ろす。

「――ストライク！」

ツヴァイの奴、「おだんご」の部分だけは小声で口にしたな？　まあ気持ちは分かるから、そこは突っ込むまい。肝心なのはそこじゃなくて威力だ。

伸びたツヴァイの魔剣の先端が宇宙の隕石を突き刺し、それを地表に叩きつけるわけなんだが……

少し経ってから落ちてきた隕石のデカさがすさまじかった！　以前の試し撃ちのときとは全く違う。

「なんだあれは!?」

「に、逃げろ！」

「逃げ場なんかあるか！」

「全員、盾の後ろに隠れろ！　盾役は必死で防御！　支援魔法ができる奴は全開で支援しろ！」

「ここに来て超巨大メテオだと⁉　これがあっちの切り札か‼」

プレイヤー軍団はパニックに陥っていた。それぐらい落下真っ最中のメテオの規模がすさまじいのである。

赤熱したメテオの姿は『あ、これ貰ったら間違いなく跡形も残らないくらいに消し飛ばされて即死するわ』ということを理屈抜きで伝えてくれる。見てるだけのこっちがそう感じるんだから、狙われたほうはたまったものじゃないだろう。

「怯えるな勇士達よ！　あの隕石は我が対処する！　お前達は己の身を全力で守っているがよい！」

ここで、高みの見物をしていた有翼人のトップが動く。プレイヤー軍団の周辺に、ドーム型の結界を設置。続けて複数展開していき、その数は最終的に七枚となった。

「おおおおお！　食らってふっとべーっ！！！」

ツヴァイの叫びと共に、ついにメテオが結界とぶつかり合う。その瞬間、すさまじい爆発で視界が閉ざされ、轟音で耳が一時的に機能不全になった。

ややあって、視界と耳の機能が戻り、周囲を確認すると……

まず、有翼人のトップが張った結界は綺麗に消し飛んでいた。だが、プレイヤーの数はあんまり減っていない。くそったれ、あの結界がとてつもなく優秀だったということか。

と、そこでどさりと誰かの倒れる音がしたので、そちらに目を向けると、ツヴァイがあおむけに倒れていた。駆け寄った自分は、ツヴァイの上半身を助け起こしながら声をかける。

「ツヴァイ、どうした!?」

「メテオに全力を注いだ影響で、精神力をごっそり持っていかれちまって……時間経過で最大値が回復するまで、もう魔剣は使えねえ……それだけの力を振り絞ったってのに、成果が薄いってのはちょっとキッツイよなぁ……」

なるほど、ツヴァイの魔剣によるメテオは、精神力の最大値を一時的に削って放つ大技だったわけか。で、今回はほぼ一〇〇%を突っ込んだから、ああも巨大なメテオになったというわけだ。

それでも、有翼人のトップのせいで敵の大多数を吹き飛ばすことは叶わなかった。

もちろん向こうも無傷ではない。しかし、そのダメージは回復魔法やポーションを用いれば立て直せてしまう範疇でしかない。その証拠に……

「よっしゃ、乗り切ったぞ！」

「回復魔法を頼む！　今度はこっちが攻めに転じるぞ！」

「流石の支援だ、あんなめちゃくちゃなメテオすらここまで被害を抑えるなんて」

という感じで、プレイヤー軍団が士気と活気を取り戻してしまっているのだ。大技の連発ってのは基本的にできんからね……その大技をしのげば反撃の機会っていう思考は正しい。

一般的なゲームのＡＩだったら、それを手加減と表現していいのか分からないけど、ここからしばらく最高の手を使ってこないってことは結構ある。

しかし、今敵対しているのはプレイヤー。当然最善手を選んでくるに決まっている。

「今のうちにポーションを飲んで回復を！　厳しい戦いだが、負けたら地上が地獄になってしまう！」

「もちろん分かっていますよ、この戦いは絶対に負けられません！」

「この程度で、負けたなどとは思わぬよ。ここからじゃ」

ポーションを渡しながら発した自分の言葉に、カナさんと雨龍さんがそれぞれ応えてくれる。こちら側もまだまだ気力は充実しているようだな……

ポーションを飲んだことと、僅かではあるが休めたことで息が整ってきたのか、先程まで最前線に出て切り込んでいた四人が再び前に出ようとした、まさにそのときだった。

突如、爆発音が周囲に響き渡った。その音の出所は……有翼人のトップが出てきたあの中央の塔であった。

「なんだ今の音⁉」

「あれ、あっち！　塔が燃えてる！」

「え？　なんで？　なん――うあああっ⁉」

「なんだこれ、急に目の前がぐちゃぐちゃに……」

「ダメだ、立ってられねえ……目が回る！」

「なんかの故障？　力が抜ける……」

「これも攻撃なのか⁉　だめだ、何も見えねえ……」

次々と、プレイヤー軍団が地面に伏していく。そしてより派手な爆発音を上げながら、倒壊を始める有翼人の塔。

もしかしなくても、やってくれたのはグラッド達だ。あれだけ激しく爆発しながら倒壊しているなら、塔が持っていた機能は全部消《き》え失《う》せただろう。それはつまり、プレイヤー達が受けていた洗脳も消失することを意味する。

「どうやら、あの者達が仕事を成し遂げたか」

「やりましたね～、これで風向きが変わりますよ～」

「よし、これでこっちにも勝ちの目が出てきたな！」

砂龍さんが頷き、ミリーが手を合わせて喜び、レイジはガッツポーズを決める。

これで、こっちの目標の一つであった洗脳装置の完全停止は成った。あとはあの有翼人のトップをたたっ切るだけ――

目の前の光景が受け入れられないのか、驚愕と茫然が入り混じった表情を浮かべている有翼人のトップ。当然その姿は隙だらけ――

（今が好機！　プレイヤー達も倒れたまま動く気配がない。奴が崩れ落ちていく塔に釘付けになっているなら――）

自分はその場から飛び出して、【八岐の月】を背中にしょってから右手に【真同化】を実体化させ、有翼人のトップに向かって全力で駆け寄る。

まだ、奴はこちらの動きに気が付いていない。まだ、まだ――距離を詰めたところで《大跳躍《だいちょうやく》》を発動し、空に浮いている奴の後ろまで一気に飛び込む。

【真同化】を両手で握りこみ、《霜点》を発動させながら、大上段から奴に向けて振り下ろす。

これで全ての決着をつけて終わらせる――！

8

完全な不意打ち、全力の一太刀。これで決まると思って打ち込んだ【真同化】による一撃は、耳障りな金属音と共に奴のハニカム構造の障壁を切り裂き――そして半分ぐらい切り裂いたところで完全に勢いを失い、止まってしまった。

奴の体に刃を届かせるにはあまりに遠い場所で、止まってしまったのである。

((((((馬鹿な!!!))))))

【真同化】の中から、幾多の声が聞こえてくる。自分も口にこそ出さないが同じ気持ちだった。

【真同化】の奥義である《霜点》は、あらゆる防御を無効化するんじゃなかったのか!? だからこそ対価がものすごく重いのだろうに。今回は三太刀までは【真同化】の中にいる人々が力を貸してくれるから、生命力を削らずに撃てているわけだが――

「ふっ、フフッ、フフハハハハハハ! 冷や汗をかいたぞ! よもや皆の意識が一点に集中した瞬間に撃ちこんでくるとはな! しかし、しかしだ! その不意打ちの一太刀ですら我の新しい障壁を食い破ることはできないと、お前は証明してしまった! もうお前に我を倒せる手段はあるまい!」

一方で有翼人のトップは高笑い。《霜点》によって切り裂かれた障壁はあっという間に修復されてしまい、追撃を入れることも叶わない。

自分の行動は、《霜点》が障壁を食い破れることを前提としていた。しかし、《霜点》が通じなくなったと自ら証明してしまった今、この前提は崩れてしまう……

と、ここで地面に着地した体勢のまま茫然としていたのがマズかった。

有翼人のトップが右手の人差し指をくいっと動かしたのが見えたとほぼ同時に、自分の四肢を貫く四本の真っ白い杭《パイル》のような物が出てきたのだ。

あっという間に［ブレイクアーム］判定を食らい、両腕が動かせなくなる。両足も同じく判定を食らったようで、ピクリとも動かせない。ＨＰバーは一気に残り二割を切ってしまった。

「があ……」

悲鳴すら中断させられる痛みが自分を襲う。マズい、この一瞬で完全に体が動かなくなってしまった。痛みが突き抜けたせいか、なぜか頭の中だけは冷静だった。

それからパイルが動き、四肢を縛られる感じがした。できる範囲で首を動かして、自分の体を確認すると、まさに磔《はりつけ》にされている人の姿そのものだ。

「だが、更なる高みに上った我の障壁をあそこまで切り裂いたことは、驚嘆《きょうたん》に値すると言えよう。故に、貴様にはそれなりの褒美をやろう。我直々の処刑によって死ねるという褒美をな。それに、貴様が無残に死に、目の前で魂を消滅させられれば、未だ逆らう意思を見せている僅かな連中も諦めるやもしれぬしな。見せしめとさせてもらおうか」

魂を消し去る、というと……特殊な死亡条件である［ロスト］ってことか!?　そうなったら、このアースという自分のアバターは二度と復活できなくなってしまう。

でも、腕も足も全く動かせない。ルエットが大慌てで指輪から出てこようとしているんだが、どうもそういった力もこのパイルに封じられてしまったらしい。変身についても同様だ。

そもそもドラゴンスケイルアーマーと魔王様から貰ったこのトンデモマントの防御性能すらやすやすと抜いてきた攻撃だ。何かカラクリがある……んだろうな。くそ、痛くてうまく物事を考えられん。

「マズい、アースがやられちまうぞ！」

「ダメですわ、魔法が届きませんわ！」

「なんだこれは⁉　前進を阻む見えない壁があるぞ！」

「切りつければ傷がつきますが、破壊までどれだけ時間がかかるか……！」

「マズいわ、あの攻撃は本当に人の魂が消されてしまうわよ！」

ツヴァイにエリザ、レイジにカザミネ、そして白羽さんの声が聞こえてくる。

有翼人のトップが作った、赤茶けた――いや、幾人もの血を吸って赤黒く染まった、と表現すべきか――分厚い斧、まさに処刑に使うためのような斧が、空中でゆっくりと揺らめく。

その動きは、まるで処刑人が斧を振り抜く様を連想させる。

自分の想像通りなら、自分の首はあの刃で横なぎにされて宙に飛ばされるのだろうな。だというのに、今の自分はもがくことすらできない。

蒼杯《あおつき》さんから譲り受けた魔眼も試してみた。各種状態異常を吸い取り、吹き飛ばす力に転化する魔眼なのだが……ダメだ、［ブレイクアーム］を吸収して力に転化することができない！　魔眼も通じないのか……これはやはり普通の状態異常じゃない！

指輪から聞こえてくるルエットの声はもはや半狂乱の域に入っており、まともに聞き取れない。後ろからは色々な攻撃の音が聞こえてきている。ツヴァイ達だろうか……だが、それらが近づいてくる気配がない。おそらく、あの刃が自分の首に食い込み、バッサリと切り落とすまでに間に合うことはないだろう。

【真同化】を何とか動かして拘束を外せないか必死に試しているが、傷すらつけることができない。

（詰み、か？　諦めたくはない、しかしここから逃れて逆転する手が思いつかない！　【真同化】でも切れない拘束具、多分間に合わない救援。自分もここで果てて、【真同化】のトラウマの一つとして残る……結末なのか……）

目の前にいるあいつを倒すためにここまで来たのに……霜点さん達との誓いも果たせず、このまま朽ち果てるのか？　何とかここから脱出したいが、焦りばかりが前面に出てきて、ことさら厄介なことに痛みがそれを加速させる。

「くく、貴様のその姿を見れば、少しは留飲《りゅういん》も下がろうというものよ。我が腕を斬り、段階を上げた我の障壁をあそこまで食い破った貴様が、全く動けず死んでいく様をこうして見るのは、実に愉快だ。さあ、そろそろ刑が執行される。言い残す言葉はあるか？　特別に聞いてやってもいいぞ？　うん？」

　く、逆に有翼人のトップは完全に余裕を取り戻してしまったか……《霜点》が止められてしまった結果、心身が硬直してしまったことが悔やんでも悔やみきれない。普段通りに動ければ、回避できた可能性は十分にあったはずなのに。雨龍さんと砂龍さんの教えを受けておいて、ここ一番でなんというドジを踏んだんだ……

「ふ、何もないか？　必死にお前を救おうとしているあの連中に向けた言葉でもいいんだぞ？　我は寛大だ、これ以上の抵抗をやめて我に従えば、死ぬことはないと言ってやればどうだ？　貴様が死んだ後でその力を吸収すれば、おそらくもう一段階は進化できると踏んでいる。その祝いの恩赦というやつだ」

　そんなこと、言えるはずがない。今戦っている面々は、こいつに従えばどんな結末になるか分かっている。そしてそんな結末を望んでいないからこそ戦っているんだ。だのに、この戦いに引っ張り込んだ張本人である自分が、諦めろなどと口が裂けても言えない。

「こ、と、わる……お前さんに比べればはるかにちっぽけかもしれないが、こっちにも、それなりの、い、意地ってやつが、あってね……こんなときだからこそ、意地を、意地を最後まで張るってことにしてるんだ……」

息も絶え絶えだが、奴に向かってそう言ってやる。

だが、奴はそんな自分の返答を聞いて高笑いを上げた。

「そうか、そうかそうかそうか！　いいぞ、そうでなくてはな！　死ぬ直前ですらそれだけの意地を張れるからこそ、我が障壁をああまで断ち切る力を身に付けられたのだと納得できる。そんな貴様だからこそ、我が更なる神の力を得る贄《にえ》にふさわしい！　今日は良き日となった！　我の支配が盤石となる、記念すべき日だ！」

言われ放題だが、本当に脱出する手段が思いつかない。万事休す、年貢の納め時ってやつか……こんな奴に屈したくはないんだが、今までで最大のピンチだ。

パイルの刺さった四肢からの出血が継続している影響で、ＨＰバーも残り一割を切っている。あの刃が振り下ろされなかったとしても、自分はあと少しで力尽きてしまうだろう。

（体が、動かない……できそうなことは全て試してみたが……万策尽きた、か……）

認めるしかないかもしれない。あの一瞬の思考の空白こそが自分の敗因であるということを。

なら、今の自分にできることは何がある？　何もない？　いや、そんなことは――そんなことはない！

そうだ、【真同化】だ。【真同化】をどうにかしてツヴァイ達に渡すんだ。《霜点》はあと一回使えるんだ。その一回を、自分のような人間じゃなく、戦闘に特化してきたツヴァイやレイジ、カザミネが振るえば、今度こそ障壁を完全に切り裂けて有翼人のトップを討てるかもしれない！

（そう、そうだ。自分が死ぬのは別にいい。考え方を変えればいいんだ。有翼人のトップを倒すこと、それさえ達成されればいいんだ。たとえどんな形であっても――）

ぎりぎりで辿り着いたその考えを実行するために、【真同化】を伸ばしてツヴァイ達の元に届けようとしたときだった。

ついに自分の首を落とす準備が完全に整ったのか、有翼人のトップが動く。

「貴様は、最後までその目に完全な怯えを浮かべることはなかった。お前のことは、覚えておいてやろう。では、死ね。死んで我が糧となり、我に永劫尽くすがいい」

時間がない。必死で【真同化】を伸ばし、ツヴァイ達がいるであろう場所まで切っ先を届かせる。後ろから聞こえてくる音だけが頼りなので、少々場所を間違っている可能性はあるが、仕方がない。とにかく、【真同化】と《霜点》が残れば、まだ希望はある。ただ殺されてお終《しま》いってのが一番ダメだ。急げ急げ急げ――

「執行だ」

そんな言葉と共に、刃が自分に迫ってくるのが見えた。自分はここまでか――

9

自分が消えたら【真同化】を他の人に託す。そうなるようにぎりぎりで念を込めることができたので、まだ希望は残ってくれるはずだ。

そう思っていたのだが、有翼人のトップが生み出した刃が自分に届くことはなかった。代わりに自分の目が捉えたのは――

「なに？」

有翼人のトップが怪訝《けげん》そうな声を出すのも無理はない。いったい何が起きているのか？

そこにあったのは、ベージュ色をした無数の鱗。そしてその鱗《うろこ》には赤い液体が所々に飛び散って汚れている……いや、これは血だ。

「――馬鹿弟子が……諦めるのが早いぞ……」

「砂龍……師匠……!?」

砂龍師匠の声がしたほうを見ると、大きな龍の顔があった。つまりこれが、本来の龍神としての姿なのか。いきなりのことに驚いて、つい師匠呼びに戻ってしまった……

「何度も我らに修行を頼んできたお前に、こんな形で死なれるのは……我慢がならんでな。故に、禁を破ってこの姿を曝《さら》した。が、そんなことはどうでもよいな。今、お前の戒《いまし》めを解いてやろう……」

龍神となった砂龍師匠の手によって、自分の四肢を貫いていたパイルが取り除かれた。更に治癒《ちゆ》の魔法を発動してくれたようで、ＨＰの減少が止まって回復に転じ始める。

だが、今戦っている相手がそんな光景を黙って見ていてくれるはずもない。

「まさか龍神とはな！　いい贄が飛び込んできてくれたわ！　こんな馳走《ちそう》を目の前に並べられて食わぬのでは、失礼が過ぎるというものだろう！」

そんな言葉と共に、無数のパイルが砂龍師匠の体を貫くのが見えた。マズい、いくら師匠といえどこのパイルの攻撃をこうも受け続けたら――――！

「師匠、引いてください！　このままでは師匠が！」

師匠の体は、自分の首を飛ばすべく飛んできたあの刃も受け止めてくれていて、出血量からしてかなりの負傷だ。それに加えて次々とパイルを撃ち込み続けられたら、龍神である師匠であってもそうは持たないはず！

「言ったはずだ、こんな形でお前を死なせるのは我慢がならんと……正直な、とても嬉しかったのだ。『双龍《そうりゅう》の試練《しれん》』を達成した後に、再び我らを訪れて修行を願う者など、お前が初めてだった……」

だが師匠は一歩も引くことなく、自分に掛けられていた拘束を完全に解除した。だがまだ「ブレイクアーム」などの状態異常が治らないため、自分の力では動くことができない。

そんな自分が地面に崩れ落ちずに済んだのは、砂龍師匠が薄いベージュ色の球体を生み出し、自分をそこに入れているからだ。

「愛弟子《まなでし》、という言葉をたっぷりと噛み締めたものだ。そしてそんなお前と共に、短いながらも龍の国を出て各地を回った……楽しかったぞ。だからこの終わり方を迎えても、欠片ほども悔いはない」

自分が入っている球体は、徐々に仲間達の方向に向かって移動し始めた。それを妨害しようと有翼人のトップは無数のパイルを飛ばしてきたが、砂龍師匠の巨体がその全てを受け止める。それにより、砂龍師匠の体はますます穴だらけになり、ますます紅に染まっていく。

「雨龍よ、後は任せる！　アースよ、我が愛弟子よ！　お前が成すべき事を成せ！　気に病むな、これはお前が事を成すために必要なことだったのだ！」

——必要な、こと？　最後に引っかかる言葉を残して……ついに砂龍師匠の体から力が抜けていく。やがてその巨体を地面に伏せ、動かなくなってしまった。地面に広がる大量の血。誰が見ても分かるだろう、もう助からないと。死にゆくだけなのだと。

「師……匠」

喉《のど》にこみ上げてくる物を必死で堪《こら》え、徐々に消えていく砂龍師匠の最後の姿を見届ける。

その間に、自分の体は皆のもとに帰ってきた。薄いベージュの球体が割れ、自分は地面に倒れる。

それを助け起こしてくれたのは雨龍さんだった。

「とにかく、砂龍から託されたのじゃから、お主の治療をするぞ。皆の者、すまぬが我ら二人を護ってはくれぬか？　流石に治療と回避を同時に行うのは骨《ほね》じゃからな……それにこの体、ただあの杭で貫かれただけではなさそうじゃ」

雨龍さんの言葉に、ツヴァイ達は頷いてくれた。

く、こんな形で皆の足を引っ張ることになるとは……だが、この体が動くようになるまでは皆を頼るほかない。幸い、という言い方はしたくないが、有翼人のトップは砂龍師匠のほうに夢中になっているから、治癒の時間が稼げる。それも、砂龍師匠の狙いだったのかもしれない。

「ふ、龍神を取り込むのは手間だと思っていたが、まさか一人の人間のために体を張って死ぬとはな。まあいい、完全に消える前に、遠慮なくその体に秘めた龍神の力を頂くとしようか。あの人間を取り込むのはその後でも遅くはない」

そんなことを言い放ち、砂龍師匠の体に手を触れて、一瞬で全部を消し去る有翼人のトップ。すると、自分が【真同化】の一太刀目で切り捨てた左手が再生していく。

これで奴はまた万全の態勢を整えてしまったのか——そんな思いで自分は有翼人のトップを睨みつけていたが、一方で奴は首を傾《かし》げていた。

「——ふむ？　おかしい。龍神の身に宿る力と神性とは、こんなに低いものだったのか？　いや、先程まで我の妨害をしていたときはもっと光り輝いていた。だというのに、この体には——まあ、よい。取り込める力はそう多くなくても、龍神は他にもいる。その全てから取り込めば、我の神格を更に上げるに値するだけの力が集まるだろう」

理由はよく分からんが、奴の目論見《もくろみ》通りにはいかなかったというか。だが、砂龍師匠までもがあいつに殺されてしまった。自分のはらわたは煮えくり返っているが、手も足もまだピクリとも動かない。雨龍師匠の治療でＨＰは回復しているんだが……回復速度があからさまに遅い。

こりゃ、あのパイルに呪いみたいなものが込められていたのかもしれない。

「さて、待たせたな。処刑の続きを——」

「そこまでだ、このクソが。今まで俺達をこき使ってくれた対価を貰いに来てやったぜ！　今回は大まけにまけて、てめえの命一つでいいってことにしておいてやるよ！」

有翼人のトップの言葉を遮《さえぎ》って、別の声が周囲に響く。

間違いない、あの声はグラッドだ。

「塔の中にいた有翼人達には、一足先に報いを受けてもらったよ！」

「心底ムカついてたんだ。対価はきっちり貰わねえとな！」

「ほんと、今までよくもまぁあちこち走り回らせてくれたね～」

「調子に乗るのもここまでだぜ！」

「………………」

続いてゼラァ、ゼッド、ガル、ジャグドが次々と声を上げた。ザッドだけは無言だが、怒りの気配は感じる。

塔を破壊するという大仕事を終えて、ついにこっちに来てくれたのか。

「おい『ブルーカラー』ども、お前らは戦い続きで精彩《せいさい》を欠いてやがるから、少し休んでろ。ここからは俺達がこいつの相手をする！　この手でぼこぼこに殴んなきゃ気が済まねえんでな！」

グラッドの言葉に『ブルーカラー』の面々が頷いて、少し下がる。グラッドの言う通り、休息できるのならしてもらったほうがいい。

「貴様達はちょうどいい手駒だったのだがな。まあいい、これも一つの余興だ。遊んでやる、せいぜい無駄な努力をするがいい」

そんな有翼人のトップの言葉に対し、グラッドは前に出ながら剣をいったん鞘に納めて、手で首を掻っ切る真似をする。俗に言う「死ね！」のジェスチャーというやつだ。

「はっ、果たしてここからお前の思う通りに行くかな？　お前の体を護る障壁が無限の出力を出すことができねえのは、すでに分かってんだよ！　んで更に、残りの障壁発生装置の場所も塔を破壊する途中で判明してな？　別動隊がそっちに向かってんだ。時間をかければかけるだけ、てめえが不利になるんだよ？　分かるか、ああ？」

これは、すごい朗報だ！　塔の中にそんな情報があったとは。あの障壁も無限に維持できる代物ってわけじゃないと、はっきりと知れたのは大きい。

今のグラッドの言葉を聞いた『ブルーカラー』の面々や、雨龍師匠、アクア、白羽さんからも、これまで以上の活気を感じ取れるようになった。

「――チッ。だが、我が障壁がなくなるより先にお前達が死ぬだろうな。そうなることはまず動かぬ故に、何も問題はない。貴様達を全て倒し、我が糧とした後、改めて新しく作り直せばよいだけだ。貴様達の行動は無駄な努力で終わるという点は一切変わらぬよ」

これに対してグラッドの返答は……先程鞘に納めた剣を再び抜き放ち、有翼人のトップの顔に向けながら――

「なら試してみようぜ？　散々自慢している障壁がなくなったてめえの首が飛ぶか。こっちが倒されるか。当然俺達は、てめえの首が地面を転がるほうに全額賭けるけどよ！」

自信満々の表情のまま言い放ち、グラッドは一歩も引かず。もちろん有翼人のトップも引かず。

かくして両者の戦いの火ぶたが切られた。この間に、自分の四肢が回復することを願うばかりだ。

今の自分にできることはそれしかない……

10

グラッド達六人と有翼人のトップの戦いは、最初から激しいものとなった。

ガルの魔法やジャグドの矢、グラッドの剣やゼラァの拳、ザッドの斧にゼッドの槍が、有翼人のトップが展開している障壁と強烈にぶつかり合って火花を散らす。有翼人のトップのほうも、いくつものパイルを飛ばし、不可視の武器を振るって反撃している。

が、その反撃をグラッド達はことごとくいなしていた。

「はっ、武器や防具はたいそうな代物だが、肝心の使い手がなっちゃやねえなぁ!!」

「その強がりが、どこまで持つかな?」

グラッドの挑発に、有翼人のトップは冷静そうに答えているが……こめかみの一部に血管が浮き出ていることに、自分は気が付いた。内心かなりムカついてるな、あれは。

「──流石、としか言いようがないぜ……あれだけの攻撃を全部回避してるぞ」

「ああ、あの見えない攻撃すらことごとく受け流している。おそらく、目の動きや手の振り方などで攻撃の軌跡を読んでいるんだと思うが」

「ああも動けるなら、こちらが下手に加わると邪魔にしかなりませんね……」

ツヴァイ、レイジ、カザミネも、グラッド達の戦いに驚嘆している。気持ちは分かる、自分も真似できる気がしないからな……

「それより、アースさんですよ～。大丈夫ですか？」

「四肢をあれだけ深々と貫かれたのです、相当に辛かったはずです。見ているだけで、ぞっとしましたから」

一方で雨龍さんと一緒に治療をしてくれているミリーと、いざというときの盾役として自分の近くにいるカナさんから、そんな言葉がかけられた。

二人のおかげで、かなり痛みは引いてきた。しかし、四肢には未だに力が入らない。十分な回復支援を受けているのに、ここまで治りが遅いとは……

「体力のほうは十分に回復しています。痛みもかなり引きました。しかし、両手両足全てに一切力が入らない状態がまだ続いています……く、やっぱりダメだ。ピクリとも動かない。自分の体じゃないみたいで……」

今のうちに完全復帰したいのだが、焦る心をあざ笑うかのように、四肢は動いてくれなかった。

砂龍師匠の命を貰って生き延びたというのに、このままじゃ何もできない。

「ふうむ……大体分かったぞ。我が弟子の四肢には、麻痺をもたらす呪いがかけられておる。その呪式は大まかに掴めたからの、これから解呪を試みるぞ。治癒の魔法はいったん止めるのじゃ、解呪の魔法が通りにくくなりそうなのでな」

ここまで無言で自分の治療を行っていた雨龍さんから、そんな言葉が出てきた。やっぱり、あのパイルに貫かれた場所には何らかのバッドステータスがかかるってことが、これで確定だな。

ミリーに頼んでツヴァイ達にこの情報を伝えてもらい、更にツヴァイ達から大声でグラッド達に伝えてもらう。

「やっぱりな、この手の悪党ってのは真っ向勝負じゃ勝てねえから、その手の仕込みをよくしやがるんだ！」

「この我を、神を、悪党と言うか！」

グラッドが口にした言葉を聞いて、有翼人のトップは怒りを隠しきれなかったようだ。でも、グラッドの言う通り、間違いなく悪党だよな。洗脳し、征服し、そして自分の都合のいいように動かす。こんな奴を悪党と表現する以外の方法を、自分は知らない。

「まさに悪党よね。ここまで大きな規模の悪事を企んで実行した悪党を、少なくとも私は今までの人生で見たことがないわ」

休息中の白羽さんの言葉に、『ブルーカラー』の面々は一斉に頷いた。

「話は変わりますが。障壁は今のところ全く弱まっていないようですわね。最強と名高いグラッド達のPTの猛攻を受けているのに弱体化しない……あの有翼人が誇《ほこ》るだけの強度があるというのも、また事実ですわね」

エリザは障壁の様子をつぶさに確認していたようだ。まあ、そりゃ戦い始めてまだ数分程度。流石にそこまで軟《やわ》じゃないだろう。そんな簡単に弱体化して攻撃が通るようになるのであれば、ここまでの戦いでとっくに砕けていてもおかしくない。

「彼らは、今のところ時間稼ぎをしているのやもしれぬぞ。言っていたであろう、障壁発生装置とやらがまだあると。それが破壊されるまでは注意を己に引き付けておく、それが彼らの狙いじゃろうとわらわは見るぞ。彼らは激しく戦ってはおるが、それでも本気には程遠いと感じるからの」

雨龍師匠の見立てではそういうことらしい。確かにグラッド達はそう言っていた。別動隊とはいったい誰なのかという点が気になるが、こちらが動けない以上、その別動隊が仕事をしてくれることを祈るほかない。

グラッド達と有翼人のトップの戦いは、お互いギアを一段階上げたようだ。グラッド達もアーツの使用回数が増えてきているし、有翼人のトップもパイルだけではなく小型の炸裂する球体をばら撒くようになっていた。おかげで爆発音が頻繁《ひんぱん》に鳴り響くようになってしまい、実にうるさい。

「オラ、もっと頑張れよ？　そんな攻撃でこっちを削れると思ったら大間違いだぜ？」

「調子に乗りおって……」

「こっちが調子に乗ってるって？　ハン、違うっての。そっちの攻撃がぬる過ぎるから余裕がありまくってつまらなくて飽き飽きしてんだ！」

グラッドの言葉に有翼人のトップが怒り、その怒りをゼラァが鼻で笑って更に煽《あお》っていく。有翼人のトップの狙いは完全にグラッド達に固定され、こちらには攻撃が一切飛んでこない。

そのおかげで自分の治療……いや、解呪作業が中断されることはなく、スムーズに進んでいるようだ。その証拠に……

「あ、左足に力が戻ってきた感じが」

「うむ、左足の呪いがようやく解けたからの。なかなか厄介な代物故に時間がかかるが……今のうちに他の手足の呪いも解いてしまうぞ」

この調子なら、もうじき戦いに復帰することができる。ならば今のうちに、どうすれば最後の《霜点》が最大限有効に使えるかを考えておかなければならない。この戦いにおいて、こんな風に時間をかけて考えられる時間は、おそらく今が最後になりそうだ。

（腕一本は切り裂くことができたんだ、奴の障壁が弱体化すれば【真同化】の切れ味でいけるか？しかし、奴はあれから多くの命を食って強くなってしまったのだから、この情報が役に立たない可能性も十分に考えられる。しかし、《霜点》は間違いなく自分の切り札。何としてでも奴に届かせ

たい）

そう考えていると、【真同化】から思念が届いた――

（やっと魔剣に移した魂が定着し、こうして話せるようになったぞ。アースよ、私の声が聞こえているか？）

それは、先程力尽きたはずの砂龍師匠の声だった。え？　砂龍師匠がどうして【真同化】に……いや、魂を移したと言ってたじゃないか。砂龍師匠だからそういうこともできるのか、ということにしておこう。いちいち検証している時間はないし、その必要もない。

（はっきりと聞こえています師匠。しかし、なぜこのようなことを？）

自分はそう問いかける一方で、先程有翼人のトップが首を傾げていた理由を理解した。奴は確かに砂龍師匠の肉体を取り込んだが、魂は取り込めていなかったのだ。

うろ覚えだが、「ワンモア」ではスキルなどの力は魂に刻まれるとか何とかって設定じゃなかったかな？　とにかく、奴が取り込んだ砂龍師匠の力は不完全なものだったということで間違いない。

（決まっている、奴を討つためだ。だが、その手段を伝える前に、一つ確認しておかねばならぬことがある。よいかアースよ、お前の命と精神力のほぼ全てを、更に黄龍《こうりゅう》様より頂いた力を永久に失っても構わない覚悟はあるか？　勝ったとしても、お前はまともに動けない体となるだろう。その覚悟があるかないかで、採れる手段が変わってくる。時間はないがよく考えろ、これはお前が己

の意志で決断せねばならない。更に

砂龍師匠からの問いかけに、自分が出した答えは――

（そんなものでいいんですか？　奴を倒せるんだったら、全てを失っても構いません）

悲惨な未来を確実に回避するためならば、完全に［ロスト］をしても構わない。自分はもうそういう考えになっていた。自棄《やけ》を起こしているわけではなく、それぐらいの犠牲で済むのであれば安いものだという割り切りである。

（――そうか。ならば……）

（待ってください。もっと力が必要だというのであれば、先に私が蓄《たくわ》えた魔力を使ってください！）

自分の返答を受けて砂龍師匠が何かを喋《しゃべ》ろうとしたところに、ルエットが割り込んできた。

（私はあの者に何らかの細工を受けたようで、今はマスターであるアース様の手助けができない状態になってしまっています。しかし、私が今まで貯め続けてきた魔力までは奪われていません。アース様の命を削る前に、私の魔力を使って少しでも埋め合わせてください！）

だが、この申し出は……

ルエットは指輪に宿った魔力そのものとも言える存在だ。その彼女が、魔力を全て失ったら……消えてしまうのでは？

そんな自分の考えがルエットに伝わったようで、今度は自分に彼女の思念が届く。

（大丈夫です、マスター。確かに私はいつ目覚めるか分からない眠りにつきますし、指輪もその力を失います。ですが死ぬわけではありませんし、消えるわけでもありません。いつか、またお会いすることができますよ）

――このルエットの言葉が本当かどうかを確かめる術はない。だが、今は使えるのであればなんでも使うべきという状況。迷っている時間もなければ、使わないという選択肢も今はない。

だから。

（分かった、使わせてもらうよ。その代わり、奴はきっちり仕留める。ルエットが次に目覚めたとき、最悪の景色を見せることがないように）

（はい、信じていますマスター。では、おやすみなさいませ――）

ルエットの声が小さくなり、聞こえなくなる。代わりに届いたのは砂龍師匠からの思念だ。

（――その覚悟、しかと受け取った。これだけの魔力があれば、最後の手段を仕掛けるには十分だろう。よいか、アース。次の一太刀が、お前と我々の最後の一手となる。その一太刀で確実にあやつの命の根源を断ち切ることができねば、もうできることは何もない。雨龍のおかげで四肢の呪いは解くことができるだろうが、お前の受けた傷はそう易々とは癒《い》えぬ。次の一手を使えば、お前は時間をかけて休まない限り、己の意思で動くことはできなくなる）

文字通りのラストアタックというわけか。でも、砂龍師匠がそこまで言うからには、当たれば有翼人のトップに致命的な一撃を叩き込めるのだろう。

（この剣に魂を定着させ、お前の今までの旅を改めて見させてもらった。更に、先にこの剣に宿っていた無念を抱える数多の魂とも関わった。その中でも特に、お前が「魔剣の世界」と呼ぶ場所で出会った妖精国の戦士二人、エルフの勇者、決闘の罠に掛けられた魔王候補、そして龍の国の霜点と皐月——この六名を、短時間ではあるが現世に呼び戻す）

とんでもないことを言い出したんですが……でも、こういうときって質問は話が終わってからするものだから、今は黙っているとしよう。

（お前が放つ最後の一太刀は時間がかかる故、時間稼ぎをせねばならん点は変わらぬのでな。元々は、近くにいる仲間にお前を護ってもらう予定であったが……先程の膨大な魔力の提供を受けて、作戦を変更した）

かなりのタメが必要ってことね。まあ大抵の奥義とか大技ってのは、振るう前に事前の準備が必要なのがお約束の一つ。だからこれは仕方がないだろう。

（最後の一太刀を放つのに必要なことは二つ。一つ目は、お前に『明鏡止水《めいきょうしすい》の境地』に入ってもらう必要がある。二つ目は、奴がまだ見ていない未知の一撃を用いなければならない）

——はい？　ちょ、ちょっと待って！　いや本当に待って！　明鏡止水の境地に入れって、とんでもない無茶振りですよ！　更に二つ目の、未知の一撃を用いなければいけないってのも……そう簡単に技を思いつけるものじゃないんですが。

そんなこちらの心境を汲《く》んだのか、続けて砂龍師匠の思念が届く。

(落ち着け。どちらもどうにかできる。どうにかするために時間がかかるだけでな。まず、一つ目の明鏡止水の境地については、我が協力しよう。それが、我がお前にしてやれる最後の修行だ)

最後の、修行、か……心のどこかに、ずしりと何か重いものがのしかかってきた気がする。

(二つ目の未知の一撃についてだが……お前はすでに一度それを放っている。思い出せ、エルフの勇者と関わる魔剣の世界に入る前に、お前がやった訓練を)

またずいぶんと前の話だな……確かあのときは、離れた距離からその時代の【真同化】——当時の名は【円花《まどか》】——を破壊しなければいけなかったはず。で、自分の持ち札の中にそんなものはなかったので、そういう技を編み出そうとして……?

(もしかして、居合もどきの技のことですか?)

(思い出したようだな、それが、二つ目の条件に合う技だ)

確かにあれは、謎が多かった。最初はあれが、【円花】のアーツである《無名《むめい》》だと思ったのだが、実際は違ったのだ。結局本当の技の名を知ることなく、あのとき使ったきりで今の今まで記憶の隅っこに追いやられていた。

しかし、あれが本当に通じるのか？　未完成という表現すらはばかられる程度のものなんだけど。

(お前の考えは分かる。しかし、居合は実際に存在する技術であり、そして奴が知らぬ技であることもまた事実なのだ。故に、それが決め手となる。むろんそのままではダメだ、昇華し、究極の一太刀と呼んで差し支えない一撃を完成させねばならぬ。そのために、お前は明鏡止水の境地に入り、心を研《と》ぎ澄《す》まして刃を放つのだ)

突貫工事にも程がある――――! が、できないと言ってここで諦めれば、それこそなにもできずにお終いになるだけ。やるしかない。

(お前の四肢にかけられた呪いを解くまでに、もうしばしの時間が必要だ。今のうちに心を休めておけ。呪いが解けて動き始めれば、もう後は奴が死ぬかお前が消えるまで、止まることはない。では、しばしこちらも準備に入る。また後でな)

そう伝えてきた後、砂龍師匠の思念は聞こえなくなった。結構長く話していたと思うが、時間にするとほんの数分だったようだ。

視線の先では今でもグラッド達と有翼人のトップが激しく戦っているし、ツヴァイ達は警戒態勢を維持しつつ休息を取っていた。

「砂龍との話は終わったかの?」

「雨龍師匠……」

不意に雨龍師匠から声をかけられた。彼女には、自分がやり取りをしていた相手が分かっていたようだ。そこらへんは、二人で連れ添って『双龍の試練』を担ってきた長い歴史があるが故のことだろう。

「はい、無理難題を課せられました。しかし、それが最後の修行と言われれば、逃げる気など起きません」

「最後の修行か……あやつめ、どれだけこやつが気に入ったのか……じゃが、その気持ちは分かる。おそらくわらわも、立場が逆ならば同じことをしておったはずじゃからな……」

一滴だけ、雨龍師匠の頬を涙が伝う。自分はそれを見て見ぬふりをした。他人《ひと》の涙について触れるなんて、無粋《ぶすい》を通り越して愚行だ。

雨龍師匠もそれ以上の涙は一切流さない。悼《いた》むのは後でいい、今は一滴の涙で許してくれ、ということなのかもしれない。

「じゃが、あやつは無駄な修行などさせぬ——然《しか》らば、それを成し遂げよ」

「むろんです。こちらも師匠の命を取られて黙っているつもりはありません。必ずや、相応の結果で砂龍師匠の期待に応えてみせます」

話しているうちに、今度は右手に力が戻ってくる。握りこぶしを作れるようになり、順調に呪いが解けてきていることを実感する。

「残るは右足と左手じゃな。解呪はこのまま任せよ。じれったいじゃろうが、もうしばしの我慢じゃ」

この呪いが完全に解けたとき、自分は再び動き出す。だから、今は砂龍師匠に言われた通り休んでおこう。

なに、この呪いが解けていく速度を考えれば、戦いを再開するまでそう時間はかからんさ。

11

砂龍師匠との話が終わったのとほぼ同時に、グラッド達と有翼人のトップの戦いはいったん止まっていた。

「――ふむ、私に向かって大口を叩くだけの実力は確かにあるか。そのことが確認できた今、お前達に一つ提案がある」

「ああ?」

その理由は、古典的な、ボスによる勧誘が始まったからだ。

「お前達をこのまますり潰すことはできる。相応の時間はかかるだろうがな……が、それは惜しい。お前達は口にした言葉を実行するだけの力を持っている。口はでかいが中身は粗末に過ぎるという者ばかりの中にあって、非常に貴重な存在と言えよう」

有翼人のトップはそこで言葉を区切って、右手をグラッド達に差し出す。

「神に剣を向けたここまでの非礼は忘れてやろう。こちらに付くつもりはないか？　このまま戦えば、お前達は負けて消える。我が取り込むからな、お前達の特徴の一つである蘇生は不可能だぞ？しかし、こちらに付くのであれば、お前達には我に次ぐ権力を与えよう。戦いの場も好きなだけ用意してやる。どうだ？　お前達はもっと強くなれるぞ？」

なるほど、世界の半分なんかよりも、もっと強くなれるという誘いのほうが、最強を目指すと公言してはばからないグラッド達にとっては魅力的だろう。

更に、自分に敗れて死亡したらもう復活できない……［ロスト］するぞという脅しも加えてきたか。ここまで鍛えてきたキャラクターと装備が全部消えてしまうというのは、取り返しがつかないデメリットだ。

それに対し、グラッドは一切迷わず答えを返した。親指を下に向けるハンドサイン付きで。

「はっ、それで俺が怯えると思ったか？　お前の手を取ると思ったか？　負けたら消える？　上等じゃねえか。そもそもここでお前の部下になったら、俺達は永久に最強になれねえだろうが。そんな簡単なことも分かんねんだな……くたばれ、ゴミが」

グラッドの言葉に、有翼人のトップの表情が即座に変わった。顔色が赤くなって血管が複数浮き出るという、これは間違いなく完全にブチ切れてますね、とすぐ分かる表情に。

「そうか、そうか！　それほど消滅したいというのであれば、その願いを叶えてやろう！　死ぬがいい、そして貴様達を取り込んで、私が更なる強さを手にする糧にしてやろう！」

有翼人のトップはそう宣言すると、両手に一つずつ光球を生み出す。あれは、地上連合軍を崩壊させた技じゃないか。しかも同時に二つも展開できるようになったとは……これは流石にマズいぞ、グラッド達でもあれを食らって耐えられるかはどうか分からない。

が、グラッドはそんな攻撃を前にしても、薄《うす》ら笑《わら》いを浮かべている。

「なんだ、ちっとはマシな技を持ってるんじゃねえか。そういうのはもっと早くに使ってこいよ、退屈がまぎれるってもんだぜ」

このグラッドの言葉に、ツヴァイが大声でグラッドに向かって大声を上げる。

「ダメだ、グラッド！　それは地上連合軍をあっという間に壊滅させた、とんでもない火力を持つ危険な攻撃なんだ！　甘く見るのは危険だぞ！」

だが、尚もグラッドは態度を一切変えることはなかった。

「まあ、見てやがれ。格の違いってやつをお前らの前で見せてやる。オラ、どうした。まだ準備できねえのかよ？　さっさと撃ってきやがれ！」

ツヴァイに少しだけ顔を向けて自信満々に返答した後、再び有翼人のトップに向き直って挑発するグラッド。有翼人のトップはますます顔を赤らめる。

「死ぬ前にじっくり見せてやっているという慈悲が理解できんとはな。それならば望み通りに殺してやろう。無様な屍《しかばね》を晒すがいい！」

そんな言葉と共に、グラッドに向けて二つの光球が放たれた。高速で迫る光球であったが……グラッドはなんとそれを盾で受け止めた。

いや、この表現は間違いだな……いったいどうやったんだ？　勢いよく飛んできた光球を、まるで柔らかい羽毛で包み込んだかのように静かに抑えてしまった。

そして、抑えられた二つの光球に、グラッドは剣を突き立てて団子のように貫く。するとどうだ、光球は剣に吸収されていき、剣が激しい光を放ち始めたではないか。こんな訳の分からんことを可能とする装備は……

「魔剣、【デリカシーイーター】。魔障壁盾、【フェザーブロッカー】。ごちそうさん、てめえの攻撃はそのままこっちの攻撃力になっただけだ！　そしてぇ！」

そうか、グラッドもついに魔剣を手にしていたのか。魔剣なら先程のようなことができるのもまあ分かる。魔剣【デリカシーイーター】か……「デリカシー」という言葉には確か、一般的な「繊細さ」以外にも「珍味」だとかそういう意味があるんじゃなかったかな？　つまり大雑把に言えば「悪食《あくじき》」って意味かな。

さて、そんなことを考えているうちに、【デリカシーイーター】による一撃は、有翼人のトップを護るハニカム構造の障壁に突き刺さって――無数のヒビを走らせた。その後にやってくるのは当然、そのままバラバラに砕け散る光景。あれだけ堅牢だった障壁の前半分が、たった一撃で見事に砕け散った。

「なにぃ!?」

ご自慢の障壁があっさりと逝《い》ったことに驚愕する有翼人のトップ。それをよそに、グラッドは更なる追撃の剣を振るう。しかしその一撃は、有翼人のトップが左手に生み出した半透明の盾によって防がれる。

「で、なんだ？　すり潰すことができる？　望み通りに殺してやる？　どっちも全くできてねえよなぁてめえにはよ！　相手の力をまるで見極められない自分の愚かさが、これで十分に理解できたな？　んじゃそろそろくたばれ！」

グラッドが切り込んで有翼人のトップを抑えているためか、半壊したハニカム構造の障壁が復活する様子はない。すかさずそこに、影響範囲を抑えたガルの魔法と、ピンポイントで目標を射抜くジャグドの矢が放たれる。

それらの攻撃は有翼人のトップ付近まで一直線に飛んだのだが、当たる直前で不自然に曲がって外れ、後ろ半分が残った障壁の内部に当たって爆発したり突き刺さったりした。

「やっぱり中に更に障壁があるね」

「飛び道具はあまり有効じゃねえタイプか？　そうなると少しばかり面倒くせえな」

攻撃が外れたガルとジャグドによる分析。今のを見る限り、確かに、まだ障壁を内側に隠していたと考えるのが自然だ。だが、あれだけ派手に障壁を破壊されて、更なる障壁を使わされている以上、かなりの消耗を強《し》いているはずである。

「ぼやいてねえでガンガン撃ち込め！　当たらねえなら当たるまで、障壁を削り取っちまえばいいんだよ！　ゼラァとザッド、ゼッドは残りの障壁をぶん殴るほうに回れ！　ガンガン殴ってガンガン消耗させちまえば、こいつはもう何もできねえ！」

グラッドの指示に従ってＰＴメンバーが素早く動く。それに反撃したいであろう有翼人のトップだが、グラッドによる抑え込みが効いているらしく、左手に生み出した盾による防御で手いっぱいのようだ。しかも左手一本では抑え切れず、右手まで使って必死でグラッドの魔剣に抵抗する姿を我々の前に晒している。

「――すごいですね。このまま押し切ってしまうかもしれません」

「まー、それならそれでいいですよ～。あの男だけはきっちりと倒さねばなりませんが～、それをやるのは誰でもいいわけですからね～」

「この様子なら大丈夫ですわね、私《わたくし》は生き残った皆様の治療に行って参りますわ」

驚嘆するカザミネと、少しいつもの調子に戻って頷くミリー。エリザは後ろで待機中の地上連合軍の所まで下がっていった。

『ブルーカラー』のメンバーの緊張感は程よく薄れ、適度に警戒しながらグラッド達の活躍を見守っている。

だが、続く雨龍師匠の言葉に、一斉に振り返ることとなる。

「——いや、そうやすやすとはいかなそうじゃぞ？　奴が猛攻を受け、消耗していることは間違いない。しかし一方で、奴の翼に何らかの力が蓄積されておる。お主らの出番はおそらくそう遠くない、油断せずに構えておいたほうがよいぞ」

この指摘を受けて、皆が有翼人のトップの翼に目を向ける。

なるほど、よく見れば、うっすらとではあるが確かに発光している。障壁を破られる前はあのような現象は起きていなかったはずだから、何らかの意味があるのだろう。

「ちょっと、気持ち悪いわ。防御が得意な子は前に出て、いつ何が飛んできてもいいように盾を構えておいたほうがいい。そうしておかないと、後悔することになるかも……」

白羽さんの警告に、レイジとカナさんが頷いて一番前に出る。そのまま、いつでも盾用のアーツを使える体勢を維持するつもりのようだ。

「えーと、気持ち悪いってのはどんな風になんだ？」

「そうね、お腹の中をぐにぐにつつかれているような感じ。もちろん私の個人的な感覚なんだけれど、この感覚がしたときはその後大抵ろくでもないことになるの。的中率は八割を超えているから、信用してくれていいよ」

ツヴァイから白羽さんへの問いかけは、そういう表現で返された。

お腹の中をぐにぐにつつかれる感じってのは、確かに気持ち悪いね……それが予兆というなら無視はできないな。そして的中率が八割ならば、ほぼ間違いなく当たると考えるべきだろう。それが来る前に、自分にかけられた呪いが解けているといいんだが。

「グラッド達に伝えるか？」

「やめておいたほうがいいと思うわ。伝えたらその時点でドカンとやるかもしれない。それに彼らのうちの二人も、後ろから逐一様子を窺っている。きっとあの羽根の輝きに気が付いているはずよ」

レイジの意見をノーラが否定する。そうだな、ガルとジャグドはおそらく気が付いているだろう。で、それらを前線で戦っている四人に伝えているはずだ。そういった相手の動きを前提に今のグラッド達が動いているとしたら、余計な真似は避けておいたほうがいい。

「では、こちらはこちらで、彼らの足を引っ張ることにならぬよう備えていればいいのでしょうね」

「それでいいと思うわ。何せあっちはあのグラッド率いる最強のPTなんだから、自分達だけでうまくやれるはずよ。むしろ集中力を削ぐような真似はすべきじゃない」

カナにノーラが同意する。自分も同意見だな、現に今、グラッド達は有翼人のトップにあそこまで肉薄している。当然かなり集中しているだろうから、そこに横やりを入れても何もいいことはないだろう。

レイジとカナさんが前に立って盾を構えたので、横たわっている自分からはグラッド達の戦いがほとんど見えなくなった。でも鳴り止まない激しい音が戦闘は継続していることを教えてくれる。

そんな中、地面の下のほうからくぐもった爆発音が数回聞こえてきた。なんだ？

「よーしよしよし！　別動隊から連絡が来たぜ！　てめえのご自慢の障壁を維持する装置を発見して、今ぶっ壊したとよ！　これで後がなくなったなぁ？　今の気分はどうだ？　教えてくれよ？」

「おのれ、よくもよくも！　どこまで神を侮辱するか！」

グラッドが大声でそんなことを口にしたのは、こちらに情報を教えるためと、有翼人のトップをより追い込むための挑発が目的だろうな。

有翼人のトップの声はこれ以上ないほどに怒気に満ちており、挑発の効果は十分に出ているようだ。

だが、この挑発が、向こうのカードを切らせる切っ掛けにもなってしまった。

「ならば、これで爆《は》ぜ散《ち》るがいい!!」

その光景は自分にも見えた。奴の背中にある七枚の翼が巨大化したのだ。まるで膨れ上がるかのように……とにかく攻撃手段に用いてくるということだけは嫌でも分かる。更に、これから攻撃しますよーとばかりに、巨大化した翼が激しく発光。

「《イージス・ブロック》！」

「《八咫鏡《やたのかがみ》》！」

盾を構え直したレイジとカナがそれぞれアーツを発動すると、二人を中心とした球形のフィールドが自分達を包み込む。

向こうではグラッドの声が「《インフィニティ・ファランクス》！」と叫び、僅かに生存していた地上連合軍のほうでも《パーリング・ウォール》というアーツが宣言される。

その三秒ぐらい後。世界が激しい轟音と共に光に染まり、眩し過ぎて何も見えなくなる。

光と轟音が収まり、視界が戻ってきたときにまず自分の目に入ったものは、崩れ落ちるレイジとカナの姿。その向こうに見えたグラッドも、片膝をついて顔を歪めていた。

この三名に共通しているのは、他の仲間を守り抜いたという点だ。

後ろのほうからはエリザの慌てた声がして、その内容から治療を再開した様子が想像できた。地上連合軍の僅かな生き残りの中に運よくタンカーがいて、己の仕事を全うしたんだろう。

その一方で、周囲に倒れていた大勢のプレイヤー達はきれいさっぱり消し飛ばされていた。まあ有翼人のトップの攻撃ではあるが吸収されたわけではないから、おそらく普通の死亡扱いで「ロスト」はしていないはず。

「これは、キツい……」

「体が、動きません……」

自分達を護ってくれたレイジとカナから苦痛の声が漏れる。急いでミリーとノーラが治療を始めるが、すぐには治らないようだ。

グラッドも一向に立ち上がる気配がない。自分達よりも爆心地の近くにいたのだから、受け止めたダメージは比べ物にならないだろう。

そんな中、有翼人のトップの巨大化した羽根が切り離されて普通のサイズに戻る。切り離された羽根は一枚一枚がバラバラに分解されて、動き出し始めた。おいおい、マジか……あれもウリエル同様、某有名ロボットアニメに出てくるビッ○システムの類なのかよ!?

「まずはお前達の中でも面倒な盾役を処理させてもらう。いかに貴様とて、動きを封じられてしまっていては体を護ることも攻撃を避けることもできまい。『爆ぜ散るがいい』という我の言葉で、防御をしないという選択肢はなくなっただろう。まんまと引っかかってくれたよ、傑作だ」

まさかさっきの光の爆発に対しては、アーツを使ってはいけなかったのか……強い攻撃に対してはアーツを用いて被害を最小限に抑え込むというのは、タンカーの基本にしてもっとも重要な行動だ。それを逆手《さかて》に取った攻撃だったってわけか。

「グラッド、しっかりしな！　根性の見せ所だよ」

「クソが、体が動かねえ……‼」

ゼラァが発破《はっぱ》をかけるが、やはりグラッドはぴくりともできない。それを見て有翼人のトップは高らかに笑う。

「はっはっは、無駄だ無駄だ！　根性などという精神論で動けるものか！　そいつの体はしばらくの間、どんな治療も受け付けぬ！　ただただ我になぶり殺しにされるだけよ！　それとも、今度は貴様らが私の攻撃を受け止めてみるか？　消える順番が多少変わるだけだがな」

そう言い放った有翼人のトップは攻撃を再開。無数の羽根が四方八方からグラッドに襲い掛かる。

「アンタら、まずは迎撃だ！　こんな羽根にやられんじゃないよ！」

「分かってるってーの！」

「サクサク迎撃しようねー」

ゼラァの声にゼッドとガルが応答する。ジャグドもすでに矢を放ち始めており、ザッドは相変わらず無言で斧を振り、複数を同時に薙ぎ払う。

だが、流石に彼らであっても、グラッドに降り注ぐ羽根を完全に撃ち落とすことは不可能だった。

いくつかの羽根がグラッドの鎧に突き立ち、それらが赤く染まっていく。

「ッチ、クソが！　この羽根、俺の血を吸ってやがんのか!?」

「ははは、血を失えばどのような者であろうと動けなくなってゆくからな。ただし、意識は奪わん。何もできないまま、護りたかった存在が殺されていく様を存分に見せてやろう。その絶望にじっくりと沈めてから、お前の肉体と魂を食ってやることにしよう」

その言葉と共に、こちらにも羽根が飛んでくる。グラッド達に差し向けられた数よりは少ないが…こちらは動けない人間が自分、レイジ、カナの三名もいるから、決して対処が楽というわけではない。

しかし、この状況でもめげることなく真っ先に剣を構えたのはツヴァイだ。

「迎撃するぞ！　こっちだってこのままやられるわけにはいかない、そうだろ!?」

グラッドの声に頷き、動ける面子の皆が武器を構えて立ち向かった。

だが、そんな彼らの奮闘をあざ笑うかのようにレイジ、カナ、そして自分の体に羽根が突き立つ。それらの羽根は容赦なく血を吸い上げ、紅に染まっていく。

羽根一本が紅に染まると、ＨＰが三パーセント前後減る。だがそれより辛いのがバッドステータスの効果だった。意識がふわりと薄れるのだ。

「ぐ、マズいぞこれは……あまりにも血を失ったら戦えなくなるようだ……」

「気を張っていなければすぐ昏倒《こんとう》してしまいます……そして意識を失ったらそのままになる可能性があります！　レイジさん、アースさん、何としても堪《た》えてください！」

レイジの苦悶の声と、カナの忠告が耳に届く。

解呪のために動けない雨龍師匠の体にも、一本、二本と羽根が突き刺さっていく。

本格的にマズい、この攻撃を早く止められなきゃ全滅だ！　どうにかして突破口を見つけなければ……

12

しかし、突破口なんてそう簡単に見つかるもんでもなく。しかも……

「今は堪《こら》えるのじゃ。呪いが解ける前に激しく動けば、また一からやり直しとなってしまう呪いも組み込まれているでな……本当に底意地の悪い……」

と、雨龍師匠に言われてしまったので、自分は動くこともできない。レイジ、カナ、グラッドもまだ動けないようで、ピンチが続いている。

しかし、世の中にはこういう言葉がある。

ヒーローは遅れてやってくる、と。

「自分の欲に従うだけで、他者を思いやれないその行動」

そんな言葉と共に、自分達の周囲に竜巻が発生。だが、この竜巻は攻撃ではないようで、ダメージを受けることはなかった。

「自らを悪と理解していない、身勝手極《みがってきわ》まりない存在」

続く言葉が耳に届いたと同時に、竜巻の中に氷が混じり始める。その氷が、竜巻によって巻き上げられた無数の羽根を切り裂き、消失させていく。全ての羽根が処理されるまでに一分もかからなかった。

「そのような悪党を止めることこそが、我らの存在意義」

羽根が消えると役目を終えたようで、竜巻は消えた。

そして声のするほうに視線を向けてみると、そこには――

「さあ、覚悟しろ悪党。今までお前がやりたい放題やってきた報いを、今ここでその心身に受けさせる！」

今まで何度か共闘した、六人のカラフルなヒーローチームが立っていた。そうか、グラッドが言っていた別動隊ってのは彼らか。

「我らヒーローが、お前を倒して地上の平穏を護る！　決してお前の思い通りにはさせんぞ、ロスト・ロス！　貴様の名前が歴史に刻まれるのは今日限りだ！」

ヒーローチームが最後にそう宣言すると、彼らの後ろに、それぞれが纏っている鎧と同じ色の爆発が発生する。

ちょ、そんなことまでするようになったのか。まさにテレビ番組のヒーロー物を意識した演出だな……

だが、彼らの実力は自分も知っている。ここで彼らが援軍に来てくれたのは心強いぞ。

「貴様ら、神の名をみだりに口にした上に呼び捨てるとは！　その蛮行、許しがたい！　貴様らも裁かれるべき存在のリストに登録だ。どうやって貴様らのような存在がこの場所までやってこられたのかは分からんが、ここで始末すればよいだけの話だ」

有翼人のトップのこの反応からして、ロスト・ロスというのが本名で間違いないのだろう。ヒーローチームがどうやって奴の名前を知ったのかは分からないが、まあ、そんなのは些細なことだ。

「神か。残念ながらお前は神ではない。自らを神だと思い込んだ、ただの一有翼人に過ぎない。記録を見た限り、確かに持って生まれた力はすさまじいものであったのだろう。だが、お前はその力ゆえに歪み、腐った。今のお前はその腐敗をこの空の世界だけでなく地上、地下へと広げる汚物に過ぎんのだ！」

ヒーローチームのリーダーであるレッドが、ハッキリとそう言い切った。彼らの参戦が遅かったのは、障壁発生装置を破壊するだけじゃなく、情報収集も行っていたからなのかもな。

「我を汚物と呼ぶか。貴様らも我に取り込まれて永遠に消える定めであると、まだ分からんのか」

「その考え方が汚物そのものであるとなぜ分からん！　際限なく周囲を取り込み、汚《けが》し、腐らせてしまう！　形や方法こそ変われど、お前はそれ以外のことは何もしていない！」

ロスト・ロスの宣言に、すかさずブルーが怒りの言葉をぶつけていた。

「ここで終わらせます、そうしなければこの世界が全て腐敗してしまいます！」

「そうとも、ここで俺達が止めなければ世界が終わっちまう！」

「覚悟しろ、ロスト・ロス！　永遠に消えるのはお前のほうだ！　我らの存在に代えても、貴様を討つ」

続いて、ピンク、イエロー、ブラックが次々に口を開いた。

ピンクはワインレッドの刀身を持つ片手剣を構え、イエローはオレンジ色に輝く大斧を担ぎ上げ、ブラックは漆黒の大剣を鞘から抜き放った。グリーンは無言のまま緑色のオーラを纏う弓に矢を番え、ロスト・ロスに向ける。

ブルーが透き通った二本の青い短剣を鞘から引き抜き、最後にレッドは紅に燃え盛る片手剣と大盾を構え、ヒーローチームは戦闘態勢に移行した。

「ふん、自分が汚物だと気が付いていないのはどちらであろうかな？　まあ、よい。始末してその力を頂くだけよ」

そう言うが早いか、ロスト・ロスはまた無数のパイルを手から生み出して、ヒーローチームめがけて撃ち出す。更に羽根を再生成して追加とばかりに撃ち出した。

「《ヒーローフィールド》！」

その対抗手段はこうだと言わんばかりにレッドが叫ぶと、うっすらとした幕がレッドを中心に周囲へと広がる。すると――

「おお、急に体が動くようになったぞ⁉」

「私もです！　これなら戦闘に復帰できます！」

「やるじゃねえか！　今度こそてめえをぶちのめす！」

なんと動けなくなっていたレイジ、カナ、グラッドが回復したようだ。自分もなんだか体が温かくなってきた。

「ふむ、呪いの力が一気に弱体化したぞ。これならばあと一分で残りの解呪が終わりそうじゃ」

雨龍師匠の言葉にほっとする。いつまで動けないままなのか分からなくて不安だったが、戦線復帰できればまだ自分にもやれることがある。それに、庇《かば》ってもらう必要がなくなるから、足手まといい状態も終わる。

「みんな！　このフィールドの中にいれば、奴の呪いは無力化できる！　奴は強いが、恐れず共に立ち向かおう！」

「了解だぜ！」

「言われなくたって、あいつはぶちのめすぜ！」

レッドの言葉にツヴァイとグラッドが呼応し、ロスト・ロスに接近する。

ロスト・ロスは舌打ちをした後、今度は目に見える真っ白い剣を両手にそれぞれ持つと、肘あたりに大型の半透明なシールドを展開。

更に周囲に六角形の飛翔体を複数浮かべ、今までとは比べ物にならない殺気を放ち始めた。

「よもや、我の本気を出す羽目になるとはな。だが、先程までの遊びで展開していた障壁とは雲泥《うんでい》の差だぞ？　貴様達に勝ち目など、最初からなかったのだ！」

その言葉が嘘か真か……なんにせよ、二転三転したこの戦いもようやく大詰めを迎えたと考えていいのだろう。その終わり方がこちらの望む結末となるように、出せる力の全てを出し切らねばならない。

（砂龍師匠、いよいよのようです。こちらも始めましょう）

（うむ、まさに頃合いだな。皆、これが最後の大一番だ。特にアースと関わりを持った者達は、悔いのないように戦うがいい）

【真同化】の中で、砂龍師匠に呼応する声がいくつも上がる。

ああ、覚えがある声だ。妖精国で、エルフの街で、魔王領で、そして龍の国で、【真同化】の記憶の中で関わった皆の声だ。

もう一度、そして最後となる彼らとの共闘か。そう改めて意識すると、こう、心の奥底からジワリと熱いものが湧き出してくる。

「呪いは完全に消え去ったぞ。アースよ、立ち上がるのじゃ！」

雨龍師匠の言葉に従って、素早く立ち上がる。

両手両足に異常、違和感なし！　これならこの最終局面において十分に働くことができるってもんだ！

「雨龍師匠、ありがとうございます！　これで最後まで戦えます！」

「うむ、見事成し遂げて見せよ。むろん、わらわも加勢する！」

「もちろん私もいるよ、忘れないでね？」

自分がお礼を言うと、雨龍師匠も立ち上がって薙刀を構える。白羽さんも傍に来て大太刀を構えた。

よし、準備は整った。この戦いと、歴史のあちこちで無理やり歪まされて苦しめられてきた人達の悲劇。その両方に今こそ終止符を打とう！

13

自分は心を新たに、ロスト・ロスとの戦いに挑む。

ロスト・ロスから見て正面にヒーローチーム、右側にグラッドのPT、左側に『ブルーカラー』の面子と自分達。更に自分達の後ろに、僅かに生存している地上連合軍という形になっている。

ついに始まった最終決戦は、ここまでの戦いなど児戯であったのではないか？というぐらい苛烈《かれつ》な内容となった。

ロスト・ロスの二刀流に、グラッドやツヴァイをはじめとする近接戦の得意な面子が必死で対応するが、一太刀も奴の体に届かない。複数を相手にしているというのに、ロスト・ロスはこちらの攻撃を全ていなし、弾き返し、そして反撃まで行っていた。

「さっきまでとは完全に別人だろ！」

「遊びは終わりにした。ここからは純粋に貴様達を殺し、食らうためだけに動く」

ツヴァイの言葉に、涼しい表情で応えるロスト・ロス。以前の怒りやすい態度は、完全に演技だったのだと考えるべきなのかもしれない。

ロスト・ロスの攻撃は二刀流だけではない。六角形の飛翔体は各々が高速で動き、こちらの側面や背後からレーザーで攻撃を仕掛けてくる。俗に言うオー◯レンジ攻撃のようだ。

これに対応しているのは弓を持った面子。つまり自分やジャグド、グリーンだ。しかしかなり数が多く、しかも多数の矢を撃ち込んでも壊れる気配が感じられない。そして飛翔体から放たれるレーザーの威力は非常に強烈であり、一度直撃を受けたミリーは一発でＨＰの九割を失った。幸い即死は回避したので、すぐさま回復魔法で立ち直ったが。

（師匠、この戦いは長引けば長引くほどこちらが不利です！　最後の一太刀、まだ振るうに値する時はやってきませんか⁉）

（急《せ》くな！　文字通り最後の一太刀ゆえ、時を見誤れば全てが終わると心得えるのだ。こちらもアースが悔いなき一太刀を全力で振るえように準備を進めておる、もうしばし耐えよ！）

自分に残された【真同化】による最後の一太刀。これぱかりは力押しでどうにかなることではないので、とにかく信じて待つほかない。

（——だが、早くしないとこちらが……）

戦いは劣勢。ロスト・ロスへの攻撃は全く届かず、逆にこちらへの攻撃はいくつも届く。今はまだ回復や支援などのカバーが追い付いているから何とかなっているが……どこかが一つでも欠けたら、まさに将棋倒しのように全てが一気に崩れ去ってしまう状況だ。

「うおおおお！」

「すまん、遅れたが加勢する！」

「微力なれど、役に立って見せる！　我らごと敵を撃ってくれて構わん！」

ここで、後方にいた地上連合軍の数少ない生存者の中から有翼人三名が飛び出してきて、剣や槍で攻撃を仕掛けた。これは予想外だったのか、三人の攻撃はロスト・ロスの二刀流に弾かれることなく、奴を護る障壁へと届く。

しかし、悲しいかな……三つの軽い音を奏でただけで、全てが弾き返された。

「まだ、生き残りがいたか。まあいい、お前達は必要ない。今ここでその存在を消し去るとしよう。これで我に盾突いた有翼人の一派は全滅だな」

ロスト・ロスは飛翔体を三人に差し向けて射殺しようとするが、今度は三人のほうがレーザーの連続射撃を悉《ことごと》く回避する。

「なに？」

「俺達は、あの闘技場で何度も死線をくぐってきた！」

「確かにお前は強い！　だが、お前には死が見える世界で戦って生き残ったという経験だけはない！」

「我らの生き残りはここにいる三人だけになってしまった。だが、我らには今まであそこで戦わされ、死んでいった者達の意地と慟哭《どうこく》が染みついている！　これらは決して安くはない！」

回避されたことに訝しげな顔を見せたロスト・ロスに対して、三名の有翼人達が次々と吠える。

それが気にくわなかったのか、彼らに向けられる飛翔体の数が更に増えたが、それでも被弾することなく縦横無尽に動き回って回避する。

「いいぞ、そのまま引き付けてろ！　いい仕事してるぜあんたら！」

ジャグドがそう言いながら、飛翔体にだけでなくロスト・ロスにも射撃し始めた。グリーンや自分もそれに倣《なら》ってロスト・ロスへと矢を射かける。

それらは全て障壁で防がれてしまうが、消耗させることはできているはずだ。グラッドやヒーローチームが障壁発生装置を壊したから、無制限に張り続けられはしない。

「すまない、ようやく治療が終わった！　俺達も参戦する！」

「生き残った我々の意地、見せてくれる！」

「ガアアアアア！」

更に、地上連合軍の兵士達が次々と参戦。ドラゴン達も活力を取り戻したらしい。

「すでに戦っている者の邪魔をしない場所に移動！　足を使って一撃入れたら引くことを繰り返せ！　一発で倒せる相手じゃない、とにかく削るのだ！」

指揮官の言葉の通り、彼らは自分達の射線を避けられる場所から攻撃を始める。初めからロスト・ロスの二刀流とやり合う気はないようで、剣が届かない位置から隙を見ての一撃離脱がメインだ。時々飛翔体に狙われることもあるが、他の面子によるカバーで凌いでいる。

「こちらも、射線とかぶっても容赦なく撃ってくれて構わない！　奴を倒せればそれでいい！」

そうは言われてもね、ハイ無視して撃ち抜きます、なんてことができるわけないでしょうが。飛翔体からの攻撃も無理のない範囲で妨害しておく。

それにしてもあの六角形の飛翔体、矢をしこたま食らっているのに小さなヒビすら入らないって、どういう耐久力なんだ。

だが、ここに来て僅かでも戦力が増えたのは助かる。それだけ飛翔体の攻撃が分散するので、仲間を護りやすくなった。その結果として余裕が増すから、ロスト・ロスの障壁を削るべく放つ矢が多くなる。

「——なるほど、これが死にもの狂いというものか。やはり書物で読むのと実際に体験するのでは全く違うな。よく記憶しておくとしよう」

だが、ロスト・ロスには全く焦りというものが見えない。ツヴァイ、グラッドをはじめ多数の戦士が遠近問わず必死で攻撃を仕掛けているというのに、奴を覆う障壁はびくともしない。

「だが、そろそろ分かってきたであろう。我が障壁は大した消耗をしていない。お前達は勝てぬ、だがもうやめよとは言わぬ。お前達の最後となる戦いだ。存分に戦い、存分にあがき、存分に絶望するがいい」

そんな言葉を発したロスト・ロスは二刀流の手数がかなり増え、かつ飛翔体の速度も増して攻撃の妨害が難しくなってしまった。

その結果、前線チームは攻撃六、防御四だった割合から一転して、攻撃二、防御八の戦いを強いられるようになってしまった。

雨龍師匠も前に出て薙刀を振るうが、それでも支え切れず体をのけぞらされる。そこに割って入った白羽さんも、数合打ち合うと大太刀を弾き飛ばされた。

幸い即座に雨龍師匠が薙刀の柄《え》に白羽さんの体をひっかけて後ろに下げたので、直後に襲ってきた二刀をその身に受けることはなかった。ただし、相当ギリギリであったために髪の毛を多少飛ばされたようだ。

「助かった、ありがと！」

「気にするな。得物は後ろに転がったはずじゃ、拾いに行け」

今の雨龍師匠のカバーは助かった。ここで白羽さんが脱落するとキツいところだった。

みんなの息が上がり出した。それは、ギアを上げたロスト・ロスについていけなくなりつつあることを、如実に示している。

「グ、グラッド。まだいけるか？」

「当たり前だ、だ、誰に口を利いてやがる！」

ツヴァイの問いにグラッドは強がっているが、やはり息の乱れを隠せていない。もちろん他の人と入れ代わり立ち代わりで戦っているんだが、呼吸を整える時間が足りないのだ。

このままじゃ……遅かれ早かれすり潰されるだけ、か。

「おのれー!!」

ここで、槍を持った有翼人がロスト・ロスの真上から急降下してきた。槍は障壁に突き立ち、甲高い音を立てるが……大き過ぎる代償が待っていた。刃が付いた場所の少し後ろで、ぽっきりと折れてしまったのだ。

そしてそれだけでは済まず、動きが止まってしまったその有翼人の腹部を、ロスト・ロスの左手の剣が貫く。

「ご、ほ……」

有翼人は大量の血を吐く。血は障壁を伝い落ち、地面を赤く染め上げる。出血量が多すぎる、あれではもう……

「まずは一人、失せるがいい」

「――確かに、俺は、こ、こまでだが……ただでは死なぬさ……食らうがいい、死んでいった仲間の怨嗟《えんさ》を受けたからこそできる、最後の反抗を!!」

死の間際にある有翼人がそう叫ぶと、その身はスライムのようなどろどろの液体に変化していった。そのスライムは彼を貫いていた剣を素早く伝い、障壁を貫通してロスト・ロスの左腕に絡みついていく。

それからほんの少し後、なんとロスト・ロスが悲鳴を上げた！

悲鳴を上げるロスト・ロスのことなどお構いなしとばかりに、スライムは取りついた左腕を侵食する。肉が焼けるような音が耳に届き、鼻が曲がりそうな悪臭が鼻を襲う。

この臭いは強烈だ！　誰もが一歩、いや三歩は後ずさり、鼻をつまむ。

「私の腕が、腕がぁ!?」

鼻をつまんでいないのは、腕を溶かされている最中のロスト・ロスと、その上を飛んでいる有翼人の生き残り二人のみ。ロスト・ロスは臭いどころじゃないから分かるが、上の二人はなぜ鼻をつままずにいられるんだ？

「思い知ったか、死んでいった仲間の無念、怒り、悲しみ、貴様への復讐心が積もり積もった、貴様を殺すためだけに存在する猛毒の味を！」

「我らが生き残ったのは偶然ではない！　仲間の肉を食べ、髪を食べ、心臓を食べて血をすすった！　体は変質し、味覚も嗅覚も失いつつ、この身に毒を宿した！　全てはこの時のため！　貴様にこの毒を流し込むため！　そのためだけに今まで残った仲間は盾となり死んでいった！　承知の上で！」

――蠱毒《こどく》、か。確か、いろんな毒を持つ虫を壺の中にぶち込んで蓋《ふた》をする。その中で虫達が最後の一匹になるまでお互いを食い合い、殺し合うように仕向ける。そして残った一匹からとれる毒は強力な猛毒となるのだという。

それを、彼らは、己《おの》が身《み》でやったらしい。

「地上からやってきた勇気ある戦士達よ！　我らがロスト・ロスに毒を流し込めば、奴の強固な障壁もその力の大半を失うはずだ！　これが唯一の機会だと思ってくれ。そう、ロスト・ロスを討ち、我々は復讐を成す。戦士達は地上を護る。それが両方叶う可能性が残されているのは！」

言われるまでもない、ここまで来て失敗したらもう取り返しなんかつかないだろう。鼻を押さえながらというしまらない格好ではあるが、この場にいる皆が頷く。

「おのれ、まさかこのような手段を使おうとは……」

ロスト・ロスの声がして、そちらへ目を向けてみれば……取りつかれていた左手部分の鎧は全て溶解。肌も赤黒く焼けただれたような見た目へと変貌していた。

有翼人の生き残りがその身を賭けた最後の一撃は、ロスト・ロスに十分なダメージを与えることに成功したのは疑いようがない。

「だが、もうこの毒は理解した。同じ手は効かぬ、障壁もアップデートした。二度とこのような痛手は負わぬ！」

はぁ!?　いくらなんでも対応が早すぎるだろう!?　そう思ったのは自分だけじゃない。『ブルーカラー』の皆も「そんなバカな」「あり得ません、いくらなんでも」「ブラフだと思いたいね」などなど、信じられないと小声で囁《ささや》き合っている。

が、そんな宣言を受けても、残った有翼人のお二人は慌てる様子がない。

「そうか、それもこちらの予想通りだな。お前ならそれぐらいの対応をしてくると思っていた。なら、己が身で試すがいい！　本当に対応できたのか、その成否をな!!」

そう叫び、有翼人のうちの一人が剣を正面に突き出して、ロスト・ロスの頭上から突撃する。その突撃を、ロスト・ロスはぎりぎりまで引き付けてから横に回避し、右手の剣で突っ込んできた有翼人の体を貫いた。

「さあ、試してみるがいい。今度は毒が通じず、残された者達の表情が希望から絶望に変わる様を見物させてもらう」

「は、たして、そう、うまく、行くか……な……？」

有翼人は気力を振り絞ってそう言い残すと、その姿をスライム状の液体に変えた。そしてロスト・ロスめがけて跳躍し、障壁に取りついた。

「ふん、対処は完璧だ。もう二度と通じ……通……じ……？」

最初は勢いがよかったロスト・ロスの言葉が途切れたのは当然だろう。スライムは障壁を食い破り、中に侵入していっている真っ最中なのだから。

侵入を果たした有翼人——いや、おそらくはもう有翼人としての意識はなく、ただロスト・ロスに取りつくという行動原理だけが残ったスライムが飛び掛かったのは、左足の太もも付近。

再び先程の音と悪臭が周囲に満ちる。当然、ロスト・ロスの悲鳴付きで。ただ、悲鳴のボリュームは先程よりもはるかにデカい。

「ば、バカな馬鹿な⁉　対処は完璧だったはずだ！　私の調整が間違うはずがががあああああああ⁉」

最初の有翼人が転じたスライムよりも毒性が高いのかもしれない。肉が焼けるような音もかなり大きいし、臭いも更に強烈だ。周囲にいる仲間達は全員、さっきよりも後ろに下がって必死で鼻を押さえている。もちろん、自分も。涙が出てくるぐらいにひどく臭く、吐き気すら誘発する。

「そうだ、お前の対処は完璧なのだろう！　だがな、毒の内容が全く同じだとはひと言も口にした覚えはない！」

最後に残った有翼人がそう叫びながらロスト・ロスをあざ笑った。それはおそらく、確実に自分に意識を向けさせるため。そしてもう一つは、今までロスト・ロスのせいで死んでいった仲間の恨みを僅かでもぶつけてやりたいというところだろうか。もちろんこれは自分の勝手な憶測だけれど。

「まあ、そこまで気が回らなかったのは無理もない！　己の体を生きたまま焼かれる痛みを味わうのなど初めてだっただろう？　だが、その痛みは俺や仲間が日常的に受けていた痛みだ！　死んでいった仲間達が感じていた苦しみだ！　貴様が死ぬ前に、少しでも味わっていけ！」

地下闘技場では凄惨な戦いを強いられていたと聞く。その身を焼かれ、凍らされ、四肢が腐り落ちて……やがて死んでいく。そのような日々を過ごしてきたんだろうな……この場で今ロスト・ロスに向かって叫んでいるのは一人の有翼人だが、その声の奥には無数の有翼人の嘆《なげ》きが入り混じっているように感じる。

と、ここでボトリという音が。それに続くロスト・ロスの悲鳴。見れば、奴の左足が千切《ちぎ》れて地面に転がっていた。どうやら、ついに猛毒が太ももを食いちぎったらしい。誰がどう見ても、多大なダメージを与えることに成功したと言える状況だ。

「そして、まだ最後の一本の毒瓶《どくびん》が残っている！　私の体という毒瓶がな！　遠慮するな、くれてやる。そして地上の戦士達よ、後は任せるぞ！　無責任だと罵《ののし》りたいだろう、それに言い返すことはできん。しかし、我々にはこれが精いっぱいなのだ。奴の体を焼き、苦しめて弱体化することはできるが、トドメを刺す方法をついに見つけることが叶わなかった！」

いつしか、最後の有翼人の目からはいくつもの雫《しずく》が零《こぼ》れ落ちていた。

「頼む、地上を護るという目的のついででいい！　我々の分まで奴に、奴に刃で教えてやってくれ！　貴様が我々に与えてきた苦しみとは、悲しみとは、こんなにも痛いものだったのだと！」

その言葉を最後に、彼は未だ苦しむロスト・ロスへと突撃。障壁に取りつくとその身をスライム状に変えて障壁を侵食し、ロスト・ロスの頭へと滴《したた》り落ちた。

肉の焼ける音は更に大きく、臭いもより強烈に。しかし今回は悲鳴だけは聞こえなくなった。それは、頭全体をスライムが覆っていたからだ。

皆が遠巻きに見守る中、スライムと化した最後の有翼人がロスト・ロスを焼く。その光景は、姿は変われども彼が必死でロスト・ロスに剣を突き立てている姿を自分に幻視させた。

そうして音がやんだとき、ロスト・ロスの体は醜《みにく》く赤くただれて、鎧は無残な姿を曝していた。最初に姿を見せたときの偉丈夫は、もはやどこにもいなかった。

（聞こえるか、アースよ！　ついに全ての準備は整った！　あの三人の見事な散りざまが無駄にならぬよう、これで決着をつけるぞ！　よいな！）

そして、ついに砂龍師匠が準備の完了を伝えてくる。

ああ、終わりにしよう。この長かった戦いも、ロスト・ロスによる悲劇の物語も——これで断ち切る！

14

（周りの者達に、しばらく手を出さぬようにと呼びかけよ！）

砂龍師匠がそう言うんなら、自分は従うだけだ。乱戦では都合が悪いのかもしれない。

「みんな、これから自分の持っている最後の切り札を切る！　巻き込むわけにはいかないから、自分の動きが止まるまでは手を出さないでくれ！」

大声で叫ぶと、さっさとやれみたいな感じを出しつつも、全員が了解してくれた。

さあ、師匠。行きましょうか。

（最初は剣に身を任せよ。理由はすぐに分かる）

そう師匠からの言葉が届くと同時に、自分は全力でロスト・ロスに向かって突撃を敢行していた。

自分はそういう動きをしようなんて全く考えていない。別の何かが自分の体を動かしていて、【真同化】をスネークソードモードで薙ぎ払いつつ、障壁に向かって攻撃を加え続ける。

（俺達が護ろうとした国に、手を出させるか！）

この声は確か……

そのまま身を任せていると、自分の体から真っ黒い闇が前方へ抜け出していった。そしてそれはすぐに人型になる……その姿は、【真同化】の世界で出会った過去の妖精国の英雄だった。

（私も続くぞ、あのような者に、世界をいじられてたまるものか！）

と、すぐさま別の声がして自分の体が再び動き出す。

今度は【真同化】をソードモードに変え、騎士のような剣術で攻撃を仕掛け始めた。声から察するに、これは過去の妖精国のもう一人の英雄の動きか。

ロスト・ロスは先程の猛毒スライムに転じた有翼人達の攻撃がかなり効いているのか、赤く焼けただれた不気味な顔でこちらを睨みつけはするが、動く気配がない。

今度もしばらく動くと、自分の体から闇が抜け出して人型へと変化する。その姿は、やはり【真同化】の世界で出会ったあの妖精国の英雄のものだった。

（もう二度と、エルフやダークエルフ達にあのような悲劇を招くことがないようにせねばな！）

これは、ああ、そうだ。エルフの英雄さんだ。【真同化】が今度は弓へと変わり、闇の矢を撃ち出して障壁を削っていく。

ちなみにここまで、アーツなどは一切使っていない。使えないのか、それとも隙が出来たときに畳みかけるために温存しているのか。

しばらく攻撃をしているうちに、また自分の体から闇が抜け出して人型になる。

さっき砂龍師匠が言っていた準備ってのは、こういうことができるようにするためだったのだろうな。なんでこんなことをするのかはすぐに分かるだろうから、今は師匠に問いかけるのはやめておく。

（魔王様のお体を、しばし拝借します！）

今度は魔王領にいたときに【真同化】の世界で出会った、魔族の男性の声。魔王の座を懸けた箒《ほうき》頭《あたま》との決闘では剣を使っていたが、今回は魔族の得意分野である魔法で戦うようだ。

すでに実体化している先の三人に支援魔法をかけた後、光属性を除いた全属性の様々な魔法を雨あられと障壁に叩き込む。もちろん、放たれた魔法が他の三人の邪魔になるようなことはない。

魔族の彼もまた、やがて自分の体から闇となって離れていく。ついに動けるようになったロスト・ロスが妖精国の英雄二人の繰り出す剣撃に抵抗し始めたが、そうはさせじと継続して魔法を放ち、皆をよく助けている。

次に出てきたのは龍族の皐月さん。【真同化】は槍となって、障壁を突き、穿ち、抉り取るような猛攻を加える。

（かつての約束、ついに果たされる時が来ましたね。私と兄さまの運命を弄《もてあそ》んだことへの償《つぐな》い、その命で支払っていただきます！）

ロスト・ロスへの皐月さんの怒りの程は、怒髪天を衝《つ》くがごとしといったところだろう。そんな皐月さんにかける言葉など、自分には思いつかない。それに何か言葉をかけるよりも、目の前にいるこいつを一刻も早く消し去ったほうが皐月さんも喜ぶだろう。

彼女もまた、やがて自分の体から離れて闇の人型として実体化。そのまま槍を振るい続ける。

（長い時が過ぎ去ったが、今こそついに妹を苦しめた外道《げどう》を裁く。感謝する、勇士よ。お前があらゆる手段を使ってここまで来てくれなければ、私がこの瞬間を迎えることは永遠になかった）

霜点さんの声がして、【真同化】も大太刀へと変貌する。自分の体はその大太刀を振りかぶり、豪快に切り込む。障壁はその一撃も撥ね返したが、先程までの手ごたえとは違って、少しだけ食い込んだような感触があった。確実に障壁は消耗している。

（そして、その勇士とこうして共に戦える日が来るなどとは思ってもいなかった。さあ、決着をつけようではないか。数多の人々と我が妹を苦しめた元凶に鉄槌《てっつい》を下そう！　行くぞ！）

これまたアーツを一切使っていないのだが、使っていると言われても納得がいくぐらいの速度で大太刀が振るわれる。

その一太刀一太刀ごとに感じる……障壁が悲鳴を上げていると。

周囲を見れば、妖精族の英雄二人の剣が。エルフの英雄の放つ矢が。元魔王候補の放つ魔法が。そして皐月さんの槍が。障壁に、突き刺さっている。弾き返されなくなりつつある。

そして、霜点さんも自分の体を離れた後に聞こえてきたのは、砂龍師匠の声だった。師匠が口にしたその言葉は……

(時間稼ぎは彼らに任せてよい。これより最後の修行を行う。明鏡止水の境地、いや極致を、見事体得せよ。むろん、我が手伝う。まずは目を閉じよ)

言われるがままに目を閉じると、そこには暗く澱《よど》んだ湖らしきものが見えた。どこまで行っても端《はし》が見えない。時々、水が落ちてくるような音がする……そんな世界に、砂龍師匠の言葉が響く。

(この澱んだ水を、澄んだ水に変えよ。この水の底から光を当てれば、この澱んだ水本来の色を知ることができるだろう)

光を当てるってどうやれば……と思っていると、湖の底から一筋の光が照らされた。

その光が生まれた所に意識を集中して確認すると、確かに光が当たっている箇所の水は、広告写真で見るような美しいマリンブルー。

なるほどね、これが本来の色ってことか。で、この光を広げて辺り一面を美しい水の色にすると明鏡止水を体得できる、と。

そうなると、光を広げるにはどうすればいいのかだが……ここは精神の世界。それに明鏡止水の境地のためだから、心を落ち着けて、呼吸を整え、それらを乱さないことが多分大事なんだろう。

――ああ、予想通りだ。静かに落ち着くと光は広まり、喜んだり焦ったりすると光はしぼんでしまう。

（だから、時間稼ぎが必要だったのか。ここで自分に明鏡止水を身に付けさせるために）

砂龍師匠の声はしない。これ以上の助言はできない、己の力で見事この試練を超えてみせよ、というところか。まあ、明鏡止水の境地に入るための手助けなんてしようがないしな。

さて、雑念はいい加減捨てよう。今戦ってくれている過去の英雄の皆さんの思いを果たすためにも、この試練を乗り越えなければ。

心を落ち着けて、呼吸を安定させ、静かに――穏やかに――

光が広がる。美しく透き通った水が世界に満ちていく。寒々しい雰囲気だったこの場所が、温かみを感じさせる空間へと変わっていく。

それでもまだまだ周囲の水は濁っている。でも焦らない。代わりに戦ってくれている英雄の皆さんの強さはよく分かっている。

それに、有翼人の生き残りのお三方がその身を犠牲にしてロスト・ロスに大きなダメージを与えている。だから、こうしていられる時間はまだある。

……光の広がりが鈍くなってきた。しかし、これもまた焦りを誘発する障害なんだろう。

（それなりの時間を生きてきたんだ。痛みや苦しみから来る焦りや憤《いきどお》りは、自分の体と心で経験済みだ。現実世界《リアル》の交通事故で体が深く傷つき、夢破れたときの衝撃に比べればこの程度、なんてことない）

やがて光の広がりは再び勢いを取り戻していった。今や自分の周囲はとても美しい水ばかりであり、感じ取れる範囲に澱んだ水はない。

その一方で、自分は感じ取った。目前で繰り広げられている戦いを。妖精国の英雄が左右から剣でかく乱し、相手の正面に陣取っているのは霜点さん。皐月さんがそのやや後ろ斜めから槍で支援している。

ツヴァイ達『ブルーカラー』やグラッド達PT、ヒーローチームはその戦いを固唾《かたず》を呑んで見守っている。

僅かに生き残った地上連合軍は、もはや目の前の光景が理解ができないとばかりに目が点になり、ぽかんと口が開いていた。

もちろん、そんな彼らを笑うことなどできようか……自分だって見てる側だったら同じような反応をしていただろう。

（心をそのまま保ちながら目を開けろ、ゆっくりとな）

砂龍師匠の言葉に従うと、そこには水で満たされた世界が広がっていた。だが、他の皆が驚いたりしている様子がないことから、あくまでその水は自分の目に映っているだけなんだろう。

（構えろ。そして、呼吸、心臓の鼓動、心――この三つを一体とするのだ。そのとき、明鏡止水がお前に見せている水の色は蒼《あお》から完全な透明となり、断ち切るべき世界を教えてくれるだろう。成して見せるがいい、これが我のつけてやれる最後の修行だ！）

ゆっくりと、居合もどきの構えを取る。

そして、静かに、ただ静かに、世界に自分だけしかいなくなってしまったと錯覚するぐらいに集中力を高めていく。

呼吸と心臓の鼓動。その二つの落ち着きがはっきりと感じられて……まだ心だけが振り子のように揺れ動いていることも分かる。その心も、集中力を高めていくうちに振れ幅が小さくなっていく。

そして、時は来た。

目に映る蒼い水が一瞬にして透明となり、世界を照らすかのように美しく輝いたその瞬間——自分の呼吸、心臓の鼓動、心が一つになった。

同時に、自分は弾かれたかのように前に駆け出し、居合抜きの要領で【真同化】をロスト・ロスに向かって全力で振るった……！


——見えていた水が消え、感覚が元に戻ったとき、自分は右膝を地面についていた。力が抜け、立っていられなかったのだ。

地面に倒れてそのまま目を閉じたくなる欲求が襲い掛かってくるが、それに必死で堪《た》える。

明鏡止水の境地に至れたかどうかは分からないまでも、【真同化】を振るうべき場所で振るえた

のは間違いない。

なぜなら、手ごたえがはっきりと残っているから。

心臓を貫いたとか首を落としたとかじゃない、命の灯を消したと理解させてくる、これまで感じたことのない不思議な手ごたえが、右手にしっかりと残っている。

それを感じているうちに、ガラスにゆっくりとヒビが入るような音がした。頭を動かすのすら億劫《おっくう》になっているが、それでも何とか音のほうに目を向けると――【真同化】の刀身全てにヒビが入っていた。ヒビはどんどん大きくなり、止まる気配がない。

これは、まさか……【真同化】の寿命!?　そう驚いていると、自分の耳に穏やかな声が届く。

――見事だ。これでやっと静かに旅立てる。感謝するぞ、人族の勇士よ
――ありがとよ、お前のおかげで妖精族の大いなる脅威は潰《つい》えた。ならばいい加減俺もあっちに行かないとな
その二つの声が聞こえなくなると同時に、【真同化】の先端部分が砕け散って空に舞い上がり、輝きながら見えなくなっていく。

――魔王様と共に戦えたことを誇りに思います。身に余る名誉を頂けた今、私も皆が待つ所へと参ります。魔王様、どうかこの先も魔王領に住む民のことを、よろしくお願いいたします

――私の最後の仕事も終わった。後のことは、今を生きる者達に任せるとしよう。我らエルフ、貴殿のような友がいる限りきっとこの先も栄《さか》えていくであろう。ああ、安心して旅立てるというものよ

更にそんな声と共に【真同化】の刃の半ばあたりが砕け、また空に上っていった。

ああ、流石にここまでくれば分かる。これが相棒とのお別れなんだと。

そして、【真同化】の記憶の中に存在していた皆との別れなのだと。

――ありがとうございます、仇を討ってくださって。私にはもう感謝の言葉を述べることしかできませんが、貴方の行く未来に、多くの幸《さち》があることを遠くからずっと、ずっと祈っています

――素晴らしい一撃だった。もはや私に悔いも恨みもない。武士として貴殿のような勇士と最後に肩を並べて戦えたことを誇りに、妹と一緒に旅立とう。達者でな、すぐこっちに来るんじゃないぞ！

その二つの声が聞こえなくなると同時に、残っていた刀身が全て砕け散った。輝きが空に広がって、お別れを言っている。

——明鏡止水、確かに伝授した。我が最後の弟子よ、お前と出会えて楽しかったぞ。だから胸を張れ、そして精いっぱい生きよ。素晴らしい仕事を成した我の大事な愛弟子よ、さらばだ

この声を最後に、【真同化】の柄《つか》までもが砕けた。残されたのは、一本の細いワイヤーのような物だけ。それも自分の右腕の中に引っ込むと、うんともすんとも言わなくなった。

【真同化】は今、自分の腕の中でやっと穏やかな眠りについたんだろう。

が、そんな自分の感情を逆なでする笑い声が聞こえてきた。ロスト・ロスだ。

「くくく……はっはははは、うわはははははは！　大層な技であったが不発、不発か！　お前が持つ最大の武器も破損して失うとはなぁ！　これは面白い、面白いぞ！　しかも力を使い果たして動けぬ様子ではないか。最後の切り札とやら、見事に失敗したようだなぁ!!」

——どうやら、まだロスト・ロスは気が付いていないんだな。

実はもう自分が崖から落下するかのように死に向かって突き進んでいることに。

気が付いているなら、狼狽《ろうばい》するなり泣き叫ぶなり、相応の反応を見せるはずだから。

「アースの切り札って言うだけあって、すごい斬撃に見えたんだが……外れたのかよ！」

「なら、俺達が何とかするしかないぞ！」

「チッ、ここ一番で盛大にしくじりやがったか！　しゃあねえな、ケツ拭いてやるかねえ！」

ツヴァイ、レイジ、グラッドのそんな声が聞こえてくる。

だが、申し訳ないが出番を回すことはできない。

ロスト・ロスにトドメを刺すのに一番ふさわしい人が、この近くにいるんだ。その人に最後の仕上げをしてもらって、決着としたいんだ。

さて、これが自分の本当の最後の仕事だ。大声で叫ばなければ。

「長々と待たせた！　舞台は整った！　長き時を超え、体を捨ててまでこの日を望んだ貴方が、全ての悲劇の幕を下ろしてくれ！」

自分の叫びに、応じる音がする。ああ、この音は間違いなくあのパワードスーツの駆動音だ。

最後の一撃のためにエネルギーを温存しておいてほしいと頼んであったが、焦れる状況が続く中でも、しっかりと我慢してくれたらしい。

そう、自分の体を捨ててまで今日という日を目指してきた研究者こそが、ロスト・ロスにトドメを刺すのに相応しい！

『この日を待っていた、ずっと、ずっとずっとずっと待ちわびていた！　多くの仲間達の屍を盾とし、自らの脳を移植してまでこの鋼鉄の体を作り上げ、恨みを忘れず生き延びてきた！　もはやこの体も崩壊寸前、使える武装もない！　だが、この最後に残った右手一本あれば十分だ！　この右手で、最後の決着をつける！』

体に鞭打って何とか声の方向に視線を向けると、ツヴァイ達の前に降り立ったスーツは自分が中から飛び出したときよりも更にぼろぼろになっており、左腕に至っては千切れていた。武装も全てひん曲がったり潰れたりしているため、使い物にならない。

「まだ完全に壊れていなかったとは驚きだが、もはや死《し》に体《たい》だな。はっ、ならばやってみせよ。まあ、障壁によって阻まれ、貴様が自壊するだけだろうがな」

余裕の笑みを浮かべながら、ロスト・ロスが挑発するが、研究者が宿ったスーツは右手を固く握りしめながら前進し――

『彼は言った！　舞台は整ったと私に言った！　だから、私はその言葉を信じるだけだ！！！』

そう叫びつつ突撃、間合いに入ったところで最後のエネルギーを振り絞って抜き手に近いパンチを繰り出した。そのパンチは、障壁をあっさりと破壊してロスト・ロスに届き――奴の胴体をぶち抜いた。

ロスト・ロスが血反吐《ちへど》を吐きながら叫ぶ。

「ば、バカな……なぜ、なぜ障壁が破れる……この体を貫ける……どう計算してもお前にはもうそんな力はなかったはず……⁉」

『その理由は一つしかない！　彼が最後に放ったあの斬撃、あれは失敗でもなんでもなかったのだ！　彼は成功したと確信したからこそ、最後の一撃を入れる時が来たと私に叫んだのだ！』

研究者の言葉にロスト・ロスの顔が驚愕一色に染まり、そしてそれは絶望へと変化した。

流石に悟ったのだろう、自分が今日、ここで死ぬことになるのだと。

そこからは面白いくらいみっともなく喚《わめ》き始めた。

「い、い、嫌だ……私は神だ！　神がこんなことで、こんな場所で、こんな形で死んでいいはずがない！　神には永遠に天から全てを支配する権利があるのだ！　その権利を奪うことは誰にもできぬはず！」

そんな妄言を鼻で笑う研究者。そして言い返す。

『お前が神だと思っているのはお前だけだっ……他者から見れば、ただちょっと他の人より力を持って生まれてきたがために増長し、己が道を見失って暴走し、己を神だと錯覚した愚か者だ！　そんな愚かさ故に、有翼人だけでなく地上の民の運命を、命を、明日を弄んだ！　その結果が今日、貴様の元にやってきただけに過ぎない！　その事実を受け入れろ、世界一の愚か者‼』

研究者の言葉を聞いて、ロスト・ロスが「まさか、お前は……我が伴……」と口走ったが、そこから先は聞き取れなかった。

なぜなら、奴の姿が消え始めたからだ。

頭部から、やがて上半身、下半身へと消滅が進み、最後に足のつま先まで達して、ロスト・ロスはこの世界から完全に消え去った。

「――勝った、のか？」

「お、わった？」

「生命反応の消失は確認できた」

「じゃあ、終わった？　終わったのか？」

「間違いねえ、もう奴の気配は一切感じねえ！　終わりだ、あのクソッたれ野郎は今死んだ！　俺達の勝ちだ！」

最後のグラッドの声で、やっと勝利を得たことを自覚して、生き残った面々が歓声を上げた。

だが自分は正直疲労困憊《ひろうこんぱい》、ぼろぼろである。久しぶりにステータスを確認すると、もうバッドステータスでびっしり埋まっているではないか。

最大HP・MPの低下はもちろん、［移動速度低下］に［直立不可］（要は立ち上がれないという異常）、［スタミナ回復不能］［超脱力］などがついている。

更に〈円花の真なる担い手〉は消失し、〈魔剣《まけん》の残骸《ざんがい》〉へと変化してしまった。

でも、それはいい。【真同化】の中で長く恨みを抱き続け、苦しい存在の仕方をしていた彼らが、やっと解放されたことを意味するのだから。

これでやっと、空の世界での負けられない戦いが終わったんだな。今はただひたすらに休みたいよ。

STATUS

【スキル一覧】
〈風迅狩弓《ふうじんかりゆみ》〉Lv50（The Limit!）〈砕蹴《さいしゅう》（エルフ流・限定師範代候補）〉Lv46
〈精密な指〉Lv57（↑3UP）〈小盾〉Lv44〈蛇剣武術身体能力強化〉Lv38（↑7UP）
〈魔剣の残骸〉Lv1〈百里眼《ひゃくりがん》〉Lv46（↑2UP）〈隠蔽《いんぺい》・改〉Lv7〈義賊頭〉Lv88（↑1UP）
〈妖精招来《ようせいしょうらい》〉Lv22（強制習得・昇格・控えスキルへの移動不可能）
追加能力スキル
〈黄龍変身《こうりゅうへんしん》・覚醒〉Lv18（↑3UP・使用不可）〈偶像《ぐうぞう》の魔王《まおう》〉Lv9（↑2UP）
控えスキル
〈木工の経験者〉Lv14〈釣り〉（LOST!）〈人魚泳法〉Lv10
〈ドワーフ流鍛冶屋・史伝《しでん》〉Lv99（The Limit!）〈薬剤の経験者〉Lv43〈医食同源料理人〉Lv25
ＥｘＰ53
称号：妖精女王の意見者　一人で強者を討伐した者　ドラゴンと龍に関わった者
妖精に祝福を受けた者　ドラゴンを調理した者　雲獣セラピスト　災いを砕きに行く者
託された者　龍の盟友　ドラゴンスレイヤー（胃袋限定）　義賊　人魚を釣った人
妖精国の隠れアイドル　悲しみの激情を知る者　メイドのご主人様（仮）　呪具の恋人

魔王の代理人　人族半分辞めました　闇の盟友　魔王領の知られざる救世主　無謀者
　魔王の真実を知る魔王外の存在　天を穿《うが》つ者　魔王領名誉貴族
プレイヤーからの二つ名：妖精王候補（妬）　戦場の料理人
強化を行ったアーツ：《ソニックハウンドアローLv5》
状態異常：［最大HP大幅低下］［最大MP超大幅低下］［移動速度低下］［直立不可］
　［スタミナ回復不能］［超脱力］［黄龍封印］

15

戦いが終わり、皆が腰を下ろして脱力していた。無理もない、長い戦いだったからな……

地上からやってきた連合軍はほぼ全ての人員を失い、生き残ったのはごく僅か。仲間になってくれた有翼人は全滅した。それでも、自分達は成し遂げることができたのだから——戦いの中で散っていった人達に対し、胸を張って報告することができるだろう。我々は勝ったのだ、と。

「アース、おいアース、生きてるか？」

「何とか、ってところだけどな……今回もキツかった」

「だな、本当にキツかったぜ……」

近寄って声をかけてきたツヴァイに答えると、ツヴァイもしみじみと頷いていた。でも、何とか勝利を収めたから良しとしよう。

「アース君、あの人が君を呼んでるよ」

声をかけてきたのは白羽さん。スーツに宿る研究者から呼び出しか。

が、今の自分は立ち上がることすらできない。なので、ツヴァイと白羽さんに肩を貸してほしいと頼む。

「それくらいは任せろ。というか、そこまで消耗するのかよ、あの一撃……」

「じゃ、私は左側から支えるわ。行きましょうか」

ツヴァイと白羽さんのおかげで移動が叶い、仰向けで倒れこんでいたスーツのもとへ。そこには『ブルーカラー』の面々やグラッドPTにヒーローチーム、地上連合軍の生き残りまで全員が集合していた。どんな話が行われるのか興味津々ってところか。

まあ、今回の戦いを共に生き抜いた戦友だから、聞いていても構わないだろう。

「来ましたよ、お話を伺います」

両脇から支えられながらゆっくりと腰を下ろし、スーツに向かって優しく話しかけた。

するとスーツの背面の一部がスライドし、何かがせり上がってきた。

パソコン用みたいなキーボード。それが空中に浮遊している。これで何かをしろということになるんだろうか。

『すまない、最後の仕事を頼みたい……私も今やこの状態だ、まともに動くことができない。だから、君にこれで、あるコードを打ち込んでもらいたい。四文字の短いコードだ、君が今疲労困憊であることは察せるが、そこを押して頼む。すぐに済むから……コードは一文字ずつ伝える、まずは……』

入力してくれと頼まれたのは——

『H』

『O』

『P』

『E』

この四文字。最後にエンターキーを押せば、それで完了だと言うのだが……

「希望《HOPE》？」

ヒーローチームのピンクの言葉通り、この四文字を繋いで出来るのは、日本語に訳せば「希望」という意味を持つ英単語である。これはいったい……？

『そう、希望だ。私にとっての希望とは、ロスト・ロスを討ち倒した未来を迎えることだったのだ。そして、その希望が現実となった今、このコードを入力してもらう必要があった。もう一つの希望のために』

自分が入力を終え、エンターキーを震える指でそっと押し込むと——スーツはゆっくりと自壊を始めた。

なんとなく、自分には予想がついていた。これは、自壊開始用のコードなのだと。そして、なぜそれが必要なのかも……

「え⁉　ちょっと、体が崩れ出してるよ⁉」

「これは、まさか……」

ロナとザッドの声が聞こえた。

皆が見守る中、崩れゆくスーツが理由を口にする。

『ロスト・ロスがいなくなった今、私もこうして消えたほうがいいのだ……君達なら分かるはずだ。もし私が体を修理して力を取り戻したなら、何かの切っ掛けで暴走を始めれば、世界に甚大な被害をもたらしてしまう。それでは第二のロスト・ロスが生まれたのと大差がない。そんなことになってしまっては、この戦いで散っていった人々が無駄死にとなってしまうだろう？』

やっぱり、な。そうならぬように、消えるつもりだったんだろう。最初から。

『そんな未来は、私にとっては絶望だ。私のもう一つの希望は、ロスト・ロスがいなくなった未来で、地上の人々が運命を捻じ曲げられることなく、精一杯生きるのを邪魔しないことなのだ。だから、その原因となる可能性の高い私自身と、私がロスト・ロスとの戦いに備えて作ってきたものを全て綺麗に消失させる必要がある』

じゃあ、元々研究者がいたあの島にあったいろんなものが、今同時に消えている最中なのか。

『やっと、これで心置きなく眠れる、やっと……長らく迷惑をかけ続けてしまった地上の人々全てに謝罪を。あの者の暴走をもっと早く止め、狂った選民思想を矯正《きょうせい》できていれば、我々と地上の人々はきっと手を取り合えた。そんな未来もあったはずなのに、結局その道を私達は自身の行いで閉ざしてしまった』

すでにほぼ胴体はなくなり、頭部だけになっているスーツの声が弱くなっていく。いよいよ、お別れか。アクアも寂しそうだ。

『忘れないでほしい、こんな愚かな種族が愚かな行為をした結果が、この結末なのだと。貴方達が我々の二の舞いになる未来を迎えることのないよう、教訓として地上にこの戦いの結末を伝えてほしい。愚かな存在として未来永劫語り継がれるのは、有翼人だけでいい……』

研究者の言葉に、この場にいる皆が頷いた。魔王様をはじめとした各国の代表に、事のあらましを全ての国の人々に伝えるように取り計らってもらおう。

『そして、最後に……アース君。君に出会えてよかった。私の名前は、ヴェガ。ヴェガ・ロス。あのロスト・ロスの伴侶であった時期もある、愚かな有翼人の女の一人だ。もし頭の記憶に余裕があるなら、名前を憶えていてくれれば嬉しく思う。もし、私達が本当の意味での賢き存在であったなら、きっと君とは生身の体で出会うことができただろうね……』

ヴェガ、それが君の名前か。覚えておこう、できるだけ長く。

『では、お別れだ。君達の未来に、多くの希望がありますように――ザザ……ガー……』

最後に祈りの言葉と不協和音を残し、頭部が塵と化した。その塵は輝きながら風に乗って空の向こうに飛んでいく。その先には……太陽がゆっくりと昇ってきていた。

研究者ヴェガにとって、これが本当の夜明けとなるんだろう。やっと、彼女は安らぎを得ることができた。きっと穏やかな心で。

「終わったか。アースに誘われたときはどんなものかと思ったが……十分に歯ごたえがあったな。これで、俺達との協力関係は終わりってことで構わねえよな？」

グラッドの言葉に、白羽さんに支えられながら自分は頷く。

「こっちとしても、グラッドのPTが協力してくれていなかったらどうなっていたかとぞっとしているよ。そしてグラッドの言う通り、これで今回の戦いは終わったから、協力要請はお終い。本当に助かった」

自分の返答にグラッドはにやりと笑い、右手の親指を高々と上げながら自分に背を向けた。本当に、あのときグラッドPTと『ブルーカラー』に声をかけてよかった……

「でも、どうやって帰るの？　もう島全体がぼろぼろだから、帰還するための手段も破損して動かないでしょ？」

このノーラの言葉に対し、地上連合軍の生き残りのドラゴンが口を開いた。

「それは問題ない。戦いがこちらの勝利で終わり、有翼人達の悪辣《あくらつ》な洗脳攻撃も二度とないことを、すでに地上に伝えてある。じき、迎えが来るだろう。念を入れて有翼人の施設を完全に木っ端みじんにしておく役割を担当する者も来るそうだ。だから彼らが来るまで休息を取っていればいい」

「それなら心配ないわね、じゃあ遠慮なく休みましょう。本当にキツかったものね……」

そう言うが早いか、ノーラはだらしなく座り込んだ。まあ、ノーラだけではなく皆がそうしている。

そして、座り込み方はそれぞれだが……顔の向きだけは全員が同じだった。

皆、上ってくる太陽を眺めていた。この日の出こそが、戦いの終わりを強く感じられるものだからかもしれない。

◆ ◆ ◆

それからしばらくして、地上からの迎えが到着した。大半がドラゴンの皆さんで、自分達はそのドラゴンの皆さんの背に乗って地上に帰還。龍神の欠片である幼女も、このタイミングで龍の国に帰っている。

帰還の最中、龍神の欠片である幼女から念話が飛んできた。

〈ようやってくれた……これで地上は救われた。これで枕を高くして寝られるようになるというものじゃ……お主と会うことは二度とないが、わらわと、そして本体である龍神は、お主がやって

くれたことを世界が終わるその時まで覚えておくじゃろう。さらばじゃアース、お主に出会えてよかったぞ)

(こちらこそ、龍神様にはお世話になりました。よろしくお伝えください)

この念話でのやりとりを最後に、彼女は彼女の帰るべき場所へと帰っていった。

こうして有翼人との戦い……いや、戦争は幕を閉じた。砂龍さんをはじめとして、大勢の人の命があっけなく呑み込まれ、地上に帰ってこられなかった。更に戦士だけではなく、洗脳されてしまった一般の人々まで大勢が巻き込まれた。

(しばらく、夢見《ゆめみ》が悪そうだ……後味が悪いなんてぐらいの言葉では到底片付けられないよ……それでも、元凶を討ち、悲劇は終わらせることができた。それで良しとするしかないよな)

地上に向かうドラゴンさんの背中の上で、白羽さんと雨龍さんに支えられながら、自分はそんなことを思う。

その後、魔王城に到着すると、自分はそのままベッドに担ぎ込まれてログアウト。リアルでもすぐに就寝した。

悪夢に悩まされそうだな、と思ったのだが——不思議なことに、この日は何の夢も見なかった。

結局）緊急時専用掲示板 No.68（何がどうなった？

57：名無しの冒険者 ID：kwdTfdwer
死に戻りしたら、空中じゃなくて地上に戻されてるんですが

58：名無しの冒険者 ID：e8fc6wEfs
同じく
更に、空の世界に上がるためのエレベーターが動かねえ

59：名無しの冒険者 ID：KJhr65f3w
結局あの戦い、訳が分からねえぞ？
黒いマリモみたいなのが突如、人になったんだが……
蝶型のはドラゴンになったし

60：名無しの冒険者 ID：RWFw5d3we
有翼人から借りてた装備が軒並み動かなくなったぞ？
今じゃ外見が派手なだけの、
初期装備と同じステータスしかないポンコツ鎧に成り下がってる

61：名無しの冒険者 ID：Efe53wesx
俺達が戦っていた存在って何だったの？
マリモ状が本当の姿なのか、人の姿が本当の姿なのか

62：名無しの冒険者 ID：bRfgwrg6w
単純に擬態しただけなんじゃないの？
こっちの動揺を誘うなら、人になるほうが効果でかいでしょ

63：名無しの冒険者 ID：EFfe5eJYe
いや、なんか「洗脳されてた」とかそういう言葉が出てなかった？
有翼人のトップとの共闘の終盤で……

64：名無しの冒険者 ID：EFfe523dw
訳が分からん。今、空の世界はどうなってんの？

65：名無しの冒険者 ID：Eeg543wdN
結局あの黒いマリモ、正体が分からないままなんだよな
こっちに敵意を持って襲ってくることぐらいしか分かんねえ

66：グラッド ID：5w3dERfww
あんまり掲示板にツラを出す気はねえんだがな、今回ばっかりは仕方がねえ
ＰＫされたのなんだの言われてムカついたから、説明に来てやった
全部終わったから、もう話してもいいはずだしな

67：名無しの冒険者 ID：TJHrdhs5e
グラッド、てめえ！　なんでＰＫしやがった！
空の世界が侵攻されてたのは知ってんだろうが！！

68：名無しの冒険者 ID：Ff56gWErw
そうだな、俺も殺されたから説明してほしいね
そもそも「ワンモア」ではシステム的にＰＫができないはず
なのにできたってことは、バグを使ったのか？　吐いてもらうぞ

69：名無しの冒険者 ID：EGegw5c3we
ＧＭにも通報済みだ、逃げられると思うなよ？

70：グラッド ID：5w3dERfww
いくらでも吠えてろ
まあいい、結論から言ってやる
今回の戦いにおいて、悪党だったのはてめーら側だ
有翼人のクソ共は、洗脳を使って地上と地下の支配をもくろんでいた
んで、自覚は無かっただろうが、お前達はその片棒を担いでいたってわけだ

71：名無しの冒険者 ID：jfefwEwCf

はあ⁉　なんだその荒唐無稽な言い訳？
言い訳するにしてももうちょっと考えらんねーのか？

72：名無しの冒険者 ID：Fi32fd54w

いくらなんでも、流石にちょっと無理がねえか？
それが本当だって証拠は？

73：グラッド ID：5w3dERfww

証拠？　そんなもん必要ねえよ
あと数日もすれば、魔王が子細を全世界に教えるってことになってるからな
それを聞いた後でも同じことが言えるなら、褒めてやるぜ

74：名無しの冒険者 ID：w65f8dfWe

マジ？　魔王様がそんな宣言するの⁉　正直信じらんねえんだけど

75：名無しの冒険者 ID：f5ge3R2we

でも、グラッドは自分の名前をはっきり出して言ってるんだよなぁ
んじゃグラッド、あのマリモの正体って分かんの？

76：グラッド ID：5w3dERfww

マリモ？
ああ、洗脳食らったお前達には、
地上からやってきた有翼人討伐の連合軍がそう見えてたんだったか
あいつらは、各国のトップが秘かに集めて訓練して送り込んだ精鋭だ
つまり、人族であり妖精族であり、龍人や魔族に獣人だ
お前達は、そんなやつらと殺し合ってたんだぜ？

77：名無しの冒険者 ID：bFfe5g3we

嘘、だろ⁉　冗談キツいぜ……

78：名無しの冒険者 ID：HRrgs5wdd
あれってモンスターじゃなかったのかよ⁉
え、いや、そんなまさか

79：名無しの冒険者 ID：5f3wEf871
いやいや、まだグラッドのふかしって可能性もあるだろ？
流石にグラッド一人の話だけじゃな

80：ツヴァイ ID：fe5f3wefw
じゃあ俺も加わるぜ
グラッドの言っていることは本当だ
プレイヤーとか、空の世界を観光していた人達は、
洗脳を受けて地上侵攻の尖兵として使われるところだったんだ

81：レッド ID：I2vYr2wb7
私もグラッドの話が本当であると宣言しよう
彼の言う通り、事の次第が魔王様から説明されることになっている
数日だけ待ってくれれば、知りたいことを全て知ることができるだろう

82：名無しの冒険者 ID：jh5erfwe3
え、なにこれ。ツヴァイにヒーローチームのレッドまで来たの⁉
どういうメンツなんだよこれ……

83：名無しの冒険者 ID：Ffe72eVdd
んで、その三人が全員同じことを言うだと……？
え、本当に本当の話なの？

84：名無しの冒険者 ID：EFfe5f3dw
じゃあ、マジで洗脳食らってたってこと⁉
で、兵士として使われるところだったの俺達は⁉

85：名無しの冒険者 ID：EGge53Jfb
俺達が地上の人々に剣を向けてたって……
え、うそ、ちょっと認めたくないんだけど

86：名無しの冒険者 ID：bdff53wef
もしマジなら、なんでそんな重要な情報を事前に流さない？
そういう情報は広く知らせるべきものじゃなんじゃねえの⁉

87：グラッド ID：5w3dERfww
話にならねえな
まず、洗脳に抵抗できなきゃ始まらねえ上に、口の軽い奴が
ペラペラその手の話をしていたらどうなるか考えるおつむもねえのか？
話を持ってきた奴が、口の堅い奴にしか頼めないって言うわけだぜ

88：レッド ID：I2vYr2wb7
今回の一件は、こちらが向こうの狙いを知っているということを
有翼人達に知られてはいけないという大前提が存在していた
それを達成するためには、情報を管理し外に漏らさないことが
可能な人数にするしかないのだ
だから少数なわけだな
更に言うと、グラッド達と私達では、情報を手にした経緯が違う

89：名無しの冒険者 ID：Fgfe5w3fd
あー確かに、情報は広めるべきだって勝手にペラペラしゃべる
スピーカー人間がいたらダメだわな

90：名無しの冒険者 ID：Ff53rWe5d
洗脳してくるって情報が出回ってるのを知られたら、
有翼人がどう動くか分かんなくなるってことか？

91：ツヴァイ ID：fe5f3wefw

そうそう、こっちの想定外の方向に事態が進むと、
侵攻の阻止が難しくなるって話だったからな
なもんで、身内を少数にせざるを得なかったってわけだ
洗脳に抵抗するための装備品の数も少なかったしな

92：名無しの冒険者 ID：bHTdht5we

数が少なかったって、それこそ人を集めて量産すりゃよかったじゃん
馬鹿なの？

93：グラッド ID：5w3dERfww

ああ、本格的におつむが足りねえ奴がいるな
量産すればいいのにやらねえって時点で、
相応の理由があるのが分からねえのか？
お前のような奴が味方にいなくてよかったぜ
足を引っ張られるだけだってのがよく分かるってもんだ
下らねえ

94：ツヴァイ ID：fe5f3wefw

あー、グラッドの言葉はキツいけど、間違ってなくてな
その装備品を作るために必要な素材が限られていてな？
単なる鉄鉱石みたいに、掘れば出てくる類の素材じゃなかったんだよ

95：レッド ID：l2vYr2wb7

こっちの装備は彼らとは別口だったが、
やはり素材の問題で数を用意できなかった

96：名無しの冒険者 ID：nTDHgd5ef

馬鹿なの、って言ってる奴が一番馬鹿だって話でした

97：名無しの冒険者 ID：GHef7ef52
素材が少ないんじゃしょうがねえか……
まあなんにせよ、後で真相が説明されるって言うなら、
それを待てばいいんじゃね？
グラッドやツヴァイ、レッドがこうして名前を出してまで言ってきたんだ
ガセじゃないだろうと俺は思うんだが

98：名無しの冒険者 ID：kgf8erTdc
確かにガセ情報って可能性は低いか……
でも、真相が今の話の通りだったらさ、俺達めっちゃヤバかったんじゃね？

99：名無しの冒険者 ID：Rhrdsg5fr
洗脳を受け続けて有翼人達が地上を侵略する手先にされてたら、
今まで守ってきた存在を、自分達の手で壊すことになってたわけだろ？

100：名無しの冒険者 ID：Je5c823wR
「ワンモア」の運営ならやりそうなシナリオだしな
で、ふと洗脳が解けたら……
血まみれになった「ワンモア」世界の人々の死体が転がっていて、
街が燃えている、なんていうバッドエンド一直線な光景が目前に広がる、
と……

101：名無しの冒険者 ID：RGgrwa5fg
トラウマどころじゃねえぞそれ……
「ワンモア」世界の住人と仲良くなってる人はいっぱいいるだろ？
そんな人達をモンスターと間違えて殺すなんてことになったら……

102：名無しの冒険者 ID：JHrey64rb
ホラーゲーとかノベルゲーのバッドエンドそのものじゃないですか……
うわあ、それを自分の手でやっちゃうとか吐き気を誘うんですけど

103：グラッド ID：5w3dERfww
は、あと一歩間違ってりゃそうなってたってことだな
よかったなぁ、そうならなくてよ？

104：名無しの冒険者 ID：vbf7y5e93
しかし、グラッド。お前に話を持ってきた奴って誰なんだ？
あと、お前達が負けてたら、お前達も洗脳されてたん？

105：グラッド ID：5w3dERfww
ああ？　情報を持ってきた奴は秘密だ
あいつはこういう所で名前出んの嫌がるタチだからな
俺達が負けてたら？　多分、有翼人のトップに食われて消滅しただろうな
実際、地上連合軍の大多数があいつに食われて消滅しちまったからな

106：名無しの冒険者 ID：HTrg7fe32
え、何そのホラーゲームのゲームオーバーみたいな展開は

107：名無しの冒険者 ID：Fgf53vfNf
ＳＡＮ値がゴリゴリ削られるんですが……食われてロストとか嫌すぎる！

108：名無しの冒険者 ID：k5edf3dfd
いや、マジでＳＡＮ値が下がってる気分というやつを味わってるよ

109：名無しの冒険者 ID：i2ef6fWEf
TRPG好きな人が意外といるのね、いいことじゃないか
……って今大事なのはそこじゃない！

110：名無しの冒険者 ID：Jgfe7fe2g
グラッドの言った通りの宣言が魔王様から行われたら……
今から震えています

――〝One World〟開発チーム

「――やれやれ、どうなることかと思ったが。最悪の手段を使わずに済んだか。有翼人はどうしてここまで歪んでしまったのか……」

「そうっスね。おかしなAIとかコードとかを入れた記憶はないっス。それでもこうなっちゃったのは、ある意味運命かもしれないっスねえ……当初の予定では、多少の問題を抱えつつも地上からやってきた人々と手を取り合って改善していく、ってはずだったと記憶してるっスが……」

「過去のデータを参照しても、開発のメンバーがおかしな手を加えた形跡は一切確認できません。つまり、彼らは自らの意志であのような道を選んだと言ってよいでしょう」

「部長、仕方がありませんよ。こちらで無理やりAIをいじって強引に軌道修正すれば、明らかにおかしな場所が出てきてしまいます。今回の件もまた、一つの教訓とするしかないでしょう」

「なんにせよ、これでクライアントである六英雄《ろくえいゆう》の皆様には、やっと色よい返答が伝えられそうだ――次の報告までにはまだ時間がある。今のうちに全体を再点検し、問題がないかチェックを行っていこう。完成の報告をした後にバグが見つかりました、では困る」

「分かってるっス、すでにそっちの方向で作業を進めてるっス。相応のお金をもらっている以上、最後の詰めで大失敗なんてポカをやりたくないのはみんな一緒っス」

「運営との歩調も合わせております。あとは、部長から六英雄の皆様への報告が終われば、『ワンモア・フリーライフ・オンライン』という看板が下ろされることになりますね」

「そして、本来の〝One World〟が始まる、と。『ワンモア』をやっている大勢のプレイヤーのおかげでＡＩも十分成長しましたからな、確かにここいらで引き渡しておくほうがよいでしょうな。部長がクライアントからかなりせっつかれているのは知ってますし」

「まあな……特に『長老』は歳《とし》が歳《とし》だ。早くやってみたいんだろう……その気持ちは分かる。だが、ようやく完成の報告をできることが確定してほっとしているよ。クライアントから達成報酬を受け取れば、皆も人生の残りの時間を優雅に生きていくことができるだろう」

「報酬は莫大っスからねえ。文字通り三代遊んで暮らしても生きていけるぐらいの額をポンと出してくるっスから、六英雄の皆さんはやっぱりおっそろしいっスよねえ。まあ、今後はプログラムを組むのは趣味の範疇にとどめて、のんびり生きていくっス」

「私も、数年はのんびりしたいですね。ただ、結婚は難しくなりそうですが……何せ貰える金額が金額です。そんな金を持っていると知られれば、金目当ての有象無象《うぞうむぞう》が湧いて出てくることでしょう。それこそモンスターがリポップするように」

「ちげえねえ。俺はもう妻子がいるから、これからは家族を大事にしながら生きていくだけだな。そうは言っても、子供の前でだらしなくしているわけにはいかねえから、ある程度休息を取ったら、そこまでキツくない仕事を探して再就職せにゃならんですがね」

「それぞれの理想の生活を掴むまであと一歩だ。皆、ここでしくじることなどないようにしてくれよ。シャレにならんぞ」

「部長、分かっております。ろくに寝れずに頑張ったときもありましたが、あれこれ悩みながらも皆で乗り越えてきたのです。だからこそ、皆で揃って最後の仕上げを綺麗に成し遂げたい。その思いは一緒のはずです」

「そうそう、部長はデンと大きく構えていてください。大丈夫ですよ、全体チェックはすでに八割ほど終わってます。細かい気になる点も潰していますし、次の報告のときに部長が何の心配もいらないようにしておきますって」

「誰も油断なんてしていませんよ。余裕を持って確実にプロジェクトを進めています。部長も仰った通り、ここまで来て莫大な報酬を逃した上に社会的に抹殺されるなんて、御免こうむります」

「我々が去った後に世界を監視する〝Goddess-in-world〟システムにも不備は見当たりません。今までの『ワンモア』世界の動きと、我々の世界から得た知識の二つを併せて、今後きちんとやっていけるのも確認済みです。〝One World〟における女神降臨もあと少しでしょうな」

「この仕事が終われば チームは解散となるが、最後に打ち上げでもしようではないか。お互いの明るい未来に乾杯というやつだな」

「いいっスねえ、おいらは参加するっス。皆出身地がバラバラっスから、それきりもう二度と顔を見なくなるメンバーもいるはずっス……」

「私も参加しましょう。彼の言う通り、それが最後の顔合わせになるでしょうから」

「その時間を迎えるためにも、今頑張らねえとならねえなぁ。酒もそれまで我慢しておかなきゃなぁ。全てが上手くいったときの乾杯で、最高の酒を飲むためにもよ」

「そうですね、その瞬間が来たら、最大の贅沢をしてもいいでしょう。それぐらいで揺らぐ報酬額ではありませんからね。もちろん、一定の礼儀は大事ですが」

「まあ、羽目を外しすぎてアルコール中毒だとか暴力沙汰に発展したら流石に困る。いい歳をした大人なんだから、そこらへんの分別はしっかりとしてくれよ？」

「部長！　私は！　まだまだ！　若いです！」

「――あのな、そういう意味じゃない。君が女性として若いことは十分に理解している。だが、決して子供ではない。そんな君がだらしない姿を見せてみろ。そして噂が広がるのは案外早い。するとどうなるか、予想は簡単につくだろう？」

「――仰る通りです。そうですね、淑女《しゅくじょ》としてふさわしい振る舞いをいたします」

「それでいい。君に限らず、私はこのチームの皆が幸せな未来を掴んでくれることを祈っている。つまらないことで幸せな未来を逃してほしくないのだよ。少々説教臭いとは思うが、ついな」

「はは、部長は我々の中だと年長者ですからな。我々がまだ見ていない様々なものを見て、我々がまだ積んでいない様々な経験を積んでいるのでしょう。そこから来る説教ならば、素直に受け入れるべきでしょうな」

「なんだかんだ、部長はずっと我々のために動いてくれていましたからね。一つひとつの恩は小さくとも、その積み重ねは非常に大きい。上司に恵まれてよかったと思っていますよ」

「ちげえねえ。仕事ができるだけじゃ、この人に付いていこうと思う理由としては弱い。長期のチームでトップが嫌すぎる奴だと空中分解するからな。このチームがあんまりいざこざを起こさずに助かったのは間違いない」

「そんな部長の肩の荷を、我々が下ろしましょう。心置きなくバカンスに繰り出すためにも、あと少しだけ仕事に専念しましょう！」

◆　◆　◆

そんなやりとりを交えつつ、彼らの仕事は進む。だが、それはつまり……「ワンモア」のプレイヤー達にとっては、終わりを告げる鐘が鳴り響く準備が整いつつある、ということに他ならない。「ワンモア」の終焉は、そう遠くないところまでやってきていた。

16

有翼人との戦いが終わって、リアルで三日が経過した。その間、自分は魔王城のベッドで寝たきり生活だった。状態異常の〔超脱力〕のせいで、体がまともに動かないからである。だがログインしないと〔超脱力〕が終わらないので仕方がない。

だが、自分はまだましなほうだ……生き残った地上連合軍の兵士の皆さんは、全員が重傷を負っており、普段の生活すら難儀するほどに弱くなってしまっていた。

このことを鑑みて、魔王様は戦った方々に対し、生涯補助してくれる人を派遣するのだという。更に生活費用も全部魔王様が持つらしい。もちろん、かといってギャンブルで借金漬けになったりしたら保護を打ち切るそうだが。

また、最後まで生き残ったドラゴンさんは二匹いたのだが……ドラゴンの国に帰り、勝利をドラゴンの王様に告げるとその場で崩れ落ちて、二匹ともその場で永遠の眠りについたそうだ。

そのことを、自分の見舞いに来たドラゴンの王様が教えてくれた。これにより、今回の地上連合軍に参加したドラゴンは全滅したことになる。

そして、魔王様をはじめとした各国の代表者達は、今回の件の全てを国民&プレイヤー全員に公表した。

当然大騒ぎとなり、空に上がったきり帰ってこなかった人々がどうなったのかも知られることとなった。知人を、友人を、家族を失った人達の中には、なぜもっと早くこの事実を公表しなかったのかと詰め寄る人もいたが――有翼人に動きを気取られるわけにはいかなかったという大義の前に、悔し涙を呑むしかなかった。

この発表と同時に、地上連合軍として有翼人を討つ戦いに向かった人達の存在も明らかになった。生存者は僅かとなりながらも、有翼人のトップであるロスト・ロスの企みを阻止することに成功した彼らは、一躍英雄として祭り上げられた。

そして今日、勇敢さと自己犠牲の精神を発揮し、地上の平和のために散っていった者達の鎮魂《ちんこん》を祈る儀式が始まろうとしていた。


「アース様、よろしいでしょうか?」

「大丈夫です、お願いします。お手数をかけて申し訳ありません」

「いえ、貴方はあの苦しい戦いに出向かれた方。そんな方をお世話できるのは、リビングメイドとして誇りに思います」

数日の完全休養で体の具合は多少はましになったが、今はまだ支えてもらわないと立ち上がることすらままならない。そんな具合だからまだまだ寝ていたいのだが、今日の儀式には参加しないわけにはいかない。

（魔法も一切使えないのが辛いなぁ。《フライ》が使えれば格段に楽なのに）

［超脱力］は、あらゆるアーツと魔法も使用できなくしていることを、寝たきり生活の中で知った。今まで普通に使えてきたものが突然使えなくなると、こうも不便なのかと痛感している。

片側をリビングメイドさんに支えられ、片手で杖を突きながら魔王城の中を移動し、会場に到着する。

中に入ると、参加者の半数はすでに集まっており、かなりの視線がこちらに飛んできた。その直後、まずは魔族の皆さんが自分に向かって頭を一斉に下げた。今だけは、魔王様から頂いた黒い外套の隠蔽効果を切っており、自分の素性が丸分かりとなっているからだろう。

更に各国の代表者達……フェアリークィーンや龍稀《りゅうけ》様や龍《りゅう》ちゃん、エルフの長老様なども、自分に頭を下げてきた。こちらは、自分がこれまで何をしていたか知っているが故だろう。後から入ってきた地上連合軍の生き残りの人達に対しても同様に頭を下げていたから、この考えは多分間違っていない。

用意されていた席に腰を下ろし、リビングメイドさんが後ろに下がる。『ブルーカラー』の面子やグラッドPT、その他生き残った人達も次々とやってきて、同じく席を埋めていく。

やがて、魔王様もやってきた。ああ、時間だ。儀式が始まる。

「まずは集まってくれた皆様に感謝を。先日、有翼人との戦いがあった。我々は勝利を収めることができたが、多数の死者を出してしまった。兵士達だけではなく、観光のために訪れていた多くの一般の人々も奴らの洗脳にかかり、体をいじくられ、そして亡くなられた。故に、今回の悲劇を風化させないため、また同時に、戦って我々の未来を護ってくれた勇士達への感謝を示すために、ここに慰霊碑《いれいひ》を設置し、永く残すこととする」

魔王様の言葉が終わるとほぼ同時に、奥のほうから大きな慰霊碑が姿を現した。漆黒《しっこく》の石で出来ているように見えるその慰霊碑は、磨き抜かれているらしく光沢を放っている。正面には無数の名前が書かれていて、それはおそらく、死亡した地上連合軍の兵士達と、分かった範囲で犠牲となった一般人の方達の名前だろう。

「これほどの悲劇となったことに憤る者も多くいよう、それは理解している。しかし、考えうる限りで、最小の被害に抑える方法はこれしかなかった。敵は洗脳攻撃を仕掛け、こちらの人々を自分達の尖兵にしてしまおうと考える外道共。その奴らと戦い、命を知らした人々の犠牲のおかげで、地上の人々が護られたのは紛れもない事実である」

魔王様から、無念の感情が伝わってくる。無理もない、一般人もかなり巻き込まれたからな。しかも人体改造までされてしまった……

左右を見れば、連合軍の生き残りの人達が涙を浮かべている。自分もうつむいてしまう。勝つには勝ったが、苦い部分が多すぎた。

「だからこそ、だからこそだ！　我々は彼らの分まで生きなければならない！　命を張って戦い、地上を護った意味があったのだと彼らが笑みを浮かべられる生き方をすることこそが、本当の意味での弔《とむら》いとなる！　悲しむだけではダメだ、忘れないだけではダメだ！　その悲しみと記憶を、より良い未来に向かうための力とせねばならない！」

この魔王様の言葉に対し、全員が「「「「「応《おう》！」」」」」のひと言で答えた。皆で一緒に前を向いて進むという意思が固まった瞬間だったと思う。

「また、奴らの施設に残されていた情報の一部をまとめたところ、かつて妖精国を攻めたゲヘナクロス、そしてハイエルフに、有翼人達が影響を与えていたことが判明した。が、もうゲヘナクロスはいなくなった。まだ生存しているハイエルフ達が気がかりなのは事実だが、入れ知恵をしていた有翼人が消えた以上、時間が経てば大人しくなっていくだろう。大人しくならなかった場合は……こうする他あるまいが」

魔王様が首を斬るジェスチャーをして、多くの人が頷く。そうだな、今後もアホなことをして周りに過度な迷惑をかけ続けるのであれば、そうなるだろう。でも、ハイエルフは基本的に引きこもっているみたいだから、多分そういうことにはならないと個人的には思う。

その後は、各国の代表者達が慰霊碑に花をささげ、香《こう》を焚《た》き、静かな祈りの言葉が唱えられた。最後に会場にいる人皆で黙とうを捧げて、儀式は何の問題もなく終わった。

これで、本当の意味で有翼人との戦いは幕引きとなった。自分も体が回復したら魔王城を後にしよう。有翼人の侵略に備えるために動き始めてからはろくに休めなかったから、しばらくのんびり過ごしたい。

自分はリビングメイドさんの手も借りて、ベッドの上まで戻ってきた。横になると一気に楽になる。早くこの［超脱力］状態が解除されてほしい。このままでは、とてもじゃないが冒険に行くなんて考えられない。アクアの背中に乗れば移動はできるが、乗りっぱなしってのは流石になぁ。

「お疲れさまでした、何かありましたら遠慮なくお呼びください」

そう言い残し、リビングメイドさんが部屋を後にする。

それから少し状況を確認してから、今日やるべきことは終わったのでログアウトするかなと思っていると……ドアをノックする音が。誰でしょ？

「お休みのところ申し訳ありません、面会をお求めの方がおられまして……」

取り次いでくれたリビングメイドさんにお客さんは誰か聞くと、龍稀様と龍ちゃん、そして雨龍師匠の三名とのこと。通してもらうように伝え、リビングメイドさんが立ち去って数分後、三人が部屋に入ってきた。

「このような姿で申し訳ありません、今の自分は他人の手を借りなければ起き上がることも難しい状態でして……」

「よい、貴殿はそれだけの戦いをしてきたのだ。むしろこうして面会に応じてくれたことに感謝せねばならぬ」

と龍稀様。

しかし、いったい何用だろうか？　もしかしたら、砂龍師匠を死なせたことに対して何らかの罰が下るのだろうか？　もしそうだとしたら、自分は甘んじて受け入れるつもりである。やるべきこと、成すべきことは果たせた。もし処刑されるのであれば、その前に霜点さんと皐月さんの墓参りだけさせてもらえればそれでいい。

そんな思いの自分に対し、龍稀様からかけられた言葉は……

「まずは、感謝を述べたい。よくぞ有翼人の頭領を討ち、その魔の手から地上を護ってくれた。魔王殿からも申し出があるだろうが、我々からも今回の働きに対する褒賞を出す。体調がよくなったら、ぜひ龍城を訪れてほしい」

これは、要らないと断るのもあれか。貰っておいたほうが向こうの気も晴れるだろうし。

「分かりました。もう少し休んで体調が戻りましたら、龍の国に伺わせていただきます」

これでお話は終わり……なわけはないよな。これだけなら、使いの者を出すか手紙でも届けさせればいいわけで。

そう考えていると、突如、龍稀様、龍ちゃんが土下座をした。いったい何事だ⁉

「そして、すまなかった。我らの立場では人前でこうして詫《わ》びることなどできぬ、故に今この場で頭を下げさせてもらう……！」

ちょ、龍の国のトップが土下座するとか……状況が呑み込めない。どう言葉を返せばいいのか、かなり混乱させられるんですが……

自分がそう悩んでいるうちに、今度は龍ちゃんが口を開いた。

「わらわ達の見積もりでは、真の龍である雨龍様と砂龍様のお二方が戦場に向かわれた以上、多少の苦戦はあれど一定の余裕を持って勝てると考えておった。しかし、蓋を開ければ大半の者が帰らぬ身となり、同行したドラゴン殿達は最終的に皆息絶えたと聞いた。更には砂龍様までその身を犠牲にしなければならなかったとは……すまぬ、わらわ達の予想が甘かった」

——そうか、そういうことか。

「頭を上げてください。正直に申し上げて、自分も雨龍師匠と砂龍師匠が同行してくだされば、被害を最小限に抑えて勝つことができると考えておりました。そんな自分が、お二人を責めることなどできません。ですから、どうかそのようなことをなさらないでください」

そう、振り返れば自分だって無意識に、この戦いに負けはないと考えてしまっていた。敵がこちらの予想をはるかに上回っていた、という事実を思い知ったのは、ロスト・ロスとの戦いが始まった後のことだった。

自分の言葉を聞いて、龍稀様と龍ちゃんが立ち上がる。

それに、自分は正直ホッとした。だって、お偉いさんに土下座させたなんてことが周囲の人々に知れたら、裏で何を言われるか分かったものじゃない。想像するだけで胃がキリキリと痛んできそうだった。

「そう言ってもらえると助かる。今回の一件、敵の企みの規模を考えると、連合軍は被害をよく抑え込んでくれたと言える。儀式の場でも伝えたが、改めて感謝する。貴殿らのような心身強き者が今の時代にいてくれたことは、僥倖《ぎょうこう》と思わねばな」

龍稀様はそう仰るが、自分はそんな大した人物じゃあない。もしこれが「ワンモア」というゲームの中の出来事ではなく、異世界転生とか異世界転移した先での出来事だったとして……一つしかない自分の命をこの戦いのために懸けられたか？と自問自答すれば、答えが出せない。少なくとも、ここまで勇敢に戦えたかといえば、無理だっただろう。

「此度《こたび》の一件で、悪党である有翼人は滅びた。今後、我ら地上に住まう者達は彼らの行動を反面教師とし、内なる欲望を律して生きていかねばならぬ。せっかく犠牲を払って巨悪を退《しりぞ》けたのに、同じような悪を生み出してしまっては、地上を護るために逝《い》った勇士達に申し訳が立たぬでの」

龍ちゃんの言葉に、自分は頷く。過ちを繰り返さないようにしないと、今回の一件は無駄な戦いだったということになってしまいかねない。それじゃ浮かばれんよなぁ。

「まこと、辛い戦いであったわ。これだけの辛い戦はいつぶりか……そして『双龍の試練』も店じまいじゃ。わらわも隠居するかの……」

そして、静かに雨龍師匠——もう戦いも終わったし雨龍さんでいいか——雨龍さんは呟くようにそんな言葉を口にした。

そうか、『双龍の試練』も、片翼の砂龍さんがいない以上、これ以上続けられないか。悲しいが、仕方がない。

……と考えたのは自分だけだったようで、龍稀様の顔色が変わった。

「雨龍様、どうにかかならないものでしょうか？　雨龍様と砂龍様がやってくださった試練は、多くの神龍を生み出す力となってきました。形を変えても構いません、どうか、これからも試練の師を続けていただきたいのですが……」

しかし、龍稀様の嘆願《たんがん》に雨龍さんは首を小さく左右に振る。

「それは厳しいのう。試練の場を作るにしても、そして弟子を鍛える環境にしても、一人では整えることなどおぼつかぬ。やはり相棒と呼べる存在がおらぬのでは、『双龍の試練』を継続することは叶わん。そして、わらわにはその相棒と呼べるものに心当たりがない……どうしようもなくてのう」

この雨龍さんの言葉に、龍稀様と龍ちゃんが暗い表情を浮かべる。

かつて自分も龍族のゴロウと一緒に受けたあの試練は、専用の空間を作るのも大仕事だろうし、色々な修行も砂龍さんと雨龍さんが二人がかりで手取り足取りでやってくれた。それらを全て一人でやるとなると、当然不都合が出てくるだろう。

「自分にもそんな心当たりは……白羽さんはドラゴンですし」

彼女なら、実力的には砂龍さんの後を継げる可能性があるかもしれないけど……残念ながら龍じゃない。だから条件を満たせないと思ったのだが……

「えーっと、私に用事があったの？　何回ノックしても反応がなかったから、万が一の可能性を考えて勝手に入らせてもらったんだけど……」

と、そこに扉を開けて姿を見せた人物が。

そう、それは自分が今口にした白羽さん当人だった。

「よかった、ここに運ばれたときと比べて、随分と良くなったようね。一応お見舞いのつもりだったんだけど、先客がいたみたいね。取り込み中ならまた後にするよ？」

そう言って出ていこうとした白羽さんを、雨龍さんが引き留める。

「いや、少し待ってもらえぬか？　ふむ、ふうむ。なるほど、今改めてお主の力量を測ってみたが――相当に鍛え込んでおるようじゃな」

「まあ、地上や地底世界を当てもなく歩き回って、武者修行の真似事はいっぱいしてきたから。ドラゴンだから寿命も長いしねぇ」

む、どうやら雨龍さんが興味を持ったか。

あ、そうだ。唐突だけど思い出した。白羽さんとの約束があったじゃないか、それを果たさないといけない。

「すみません白羽さん、遅れましたが……今回の戦いは終わりました。ですので、白羽さんのお母さんが命じた契約が達成されたことを、ここに宣言します――『カーム・アンテ』。さあ、これで解放しましたから、今後は旅をするなり住む国を見つけるなり、ご自由にしてください」

白羽さんの母親である空のドラゴンが結ばせた、白雨さんを自分の眷族にする契約。そして、戦いが終わったらそれを解き、自由の身にするという白羽さんとの約束。どちらも今の今まで忘れていたので、こうして白羽さんの自由を取り戻しておかないといけなかった。

今回の戦いで、白羽さんの母親も有翼人の監視という役目を終えることができたんだし、元々はその役目を継ぐはずだった白羽さんだが、もう自由にしても問題ないだろう。

「あー、そういえばそういうことになってたわね。はい、じゃあこれで今後私は自由にさせてもらうわね。もちろん、だからって道を踏み外すような真似はしないけど」

どうやら白羽さんもこのことを忘れていたらしく、てへっって感じでウィンクしながら舌をペロッと出す。

正直に言う、忘れてくれていて助かったよ……

ま、なんにせよこれで契約終了は成ったはず。

「ふむ、これでお主は自由になったわけか。ではこの後、お主の強さの一端を見せてもらってもよいか？」

「ん？　手合わせならいつでも歓迎するわ。もう厄介な有翼人達もいないから、力を出し惜しみする必要もないからね」

そんな会話を交わした後、雨龍さんと白羽さんは連れ立って部屋を出ていった。

そして残される自分達。

「『双龍の試練』、復活は早いかもしれませんよ？」

「うむ、あの者からは悪の気も感じ取れぬからな。雨龍様が認める強さを持っているならば、後を継いでいただきたいところだな」

自分の言葉に、どこか嬉しそうな表情を浮かべながら答える龍稀様。

さてどうなるかなー。白羽さんの強さも相当なものだけど、雨龍さんとどこまでやれるかな？

17

リアルの時間で更に三日が経過し、鬱陶《うっとう》しかった状態異常の大半が解除された。

解除されなかったのは［超脱力］と［黄龍封印］の二つ。ただ、［超脱力］も弱体化してただの［脱力《だつりょく》］となったので、体を動かすこと自体はかなり楽になった。おかげで歩き回ることや軽いトレーニングくらいはできるようになり、魔王城の訓練場でエルフ流蹴術《しゅうじゅつ》の基礎の動きを行い、体を動かす感覚を掴み直している。

鎮魂の儀式のために魔王城を訪れていた各国首脳陣は、すでにそれぞれの国に帰っている。フェアリークィーンも帰る前に見舞いに来てくれた。

自分はもうしばらく魔王城に滞在し、完全に復活してから旅に出る予定だ。

白羽さんは、雨龍さんや龍稀様、龍ちゃん達と一緒に龍の国に行くと言っていた。龍の国に来たらぜひ三《さん》が武《たけ》に立ち寄ってほしい、とのことだった。

ツヴァイ、グラッド、レッド達もすでに魔王城を発《た》っている。それぞれ、魔王様をはじめ各国の代表者達から褒賞を貰ったらしい。自分にも大金が転がり込んできたから、それと同じぐらいは貰っているはずだ。

なお、グラッド達からは、次に会ったら対戦させろと言われてしまっている。自分が明鏡止水の境地から放ったあの一撃を、自分でも受けてみたいんだそうで。

「そこそこ、動けるようになったか。この調子なら、完全に体調が戻るまであと少しかな？」

「ぴゅいぴゅい♪」

アクアは相変わらずちび状態で自分の頭に鎮座《ちんざ》している。だが、その変わらぬ姿こそが、平穏が戻ってきたのだと感じさせる。もう、あれをしなきゃいけないこれを進めなきゃいけない、という責務はない。久しぶりに、のんびりと世界を見て回れる時間が戻ってきたんだ。

（もう一度世界各国を回ってみようかな。もしかしたら何か新しいものができているかもしれない。地底世界にいるドワーフのクラネス師匠の所にも、ちゃんと勝ちましたと報告をしに行かなきゃな）

その旅の途中で、砂龍師匠が最後に伝授してくれた明鏡止水の境地を少しでも極める修行もしたいな。何せ、今日確認したら自分のスキル欄にあった〈魔剣の残骸〉が〈魔剣の残滓・明鏡止水の境地〉へと変わっていたのだ。これはそうしてほしいというメッセージだと受け取らざるを得ないよな。

（ま、それも［脱力］が消えてからのお話。今の体調でやって状態異常がぶり返したりしたら、目も当てられない。今はリハビリ中と考えよう、無理は絶対にしちゃいけない。あの精神世界に入ったら、絶対一撃を放つところまでやりたくなっちゃうだろうし。今は我慢我慢っと)

右手を軽く撫《な》でて、【真同化】とその中に宿っていた人々に少し思いをはせた後、再びエルフ流蹴術の動きをゆっくりと行う。

砕け散ってワイヤーのような部分だけが残された【真同化】だが、今日確認したら、そのワイヤー部分だけを手から出せるようになっていた。もっとも、魔剣としての力はもうない。唯一残されていたのは、先端をくっつけてぶら下がれる能力だけ。

(新しいスネークソードを手に入れないとな。魔剣じゃなくていいから、そこそこいいやつを。簡単に砕けるような物じゃあ困るし)

魔王様に相談してみるか。芳《かんば》しくなかったら、クラネス師匠を頼ればいい。師匠なら、素材さえ集めれば一級品のスネークソードを作り出してくれるだろう。

(そのついでに、地底世界をあちこち見て回ろうか。有翼人がいなくなったことで、「命を刈り取る者」と呼ばれていた人形達がもう現れなくなっているかも確認したい。いなくなっていればよし、まだいるのであればしっかりと始末しよう)

今後の予定が大雑把ながら決まっていく。ああ、平穏というものは素晴らしい。大変な出来事を経験したからこそ、平穏のありがたみがよく分かる。もう二度と、世界の命運の一端を担うなんてことは勘弁願う。

「アース様。そろそろご休憩されては如何《いかが》でしょうか？」

と、リビングメイドさんから声がかかった。一応病み上《やあ》がりなので、念のため付いてくれているのだ。あれこれ考えながら体を動かしていたら、三十分ほどが過ぎていたらしい。

なのでその言葉に頷き、訓練場を後にして宛《あて》がわれた部屋に戻り、用意されたお茶と菓子を楽しむ。

「お体の具合は如何でしょうか？」

「ええ、皆様のおかげで休息をたっぷりとれましたからね。今日は軽めに動いてみましたが、かなり良くなっています。あと少し休ませてもらえれば、問題ないところまで回復すると思います」

自分の言葉に、リビングメイドさんは「そうですか、順調に回復なされているようでほっと致しました。ここに運び込まれたときは本当にひどいお姿でしたから」と返してくる。

そう言われても仕方がない状態だったからなぁ。ここまで回復するのにかなり面倒をかけてしまっているから、できるだけ早く完全復活を果たしたいよ。

その後は軽く雑談をしてみた。世界の混乱はまだ継続中らしい。証拠を揃えた上で有翼人の真実を魔王様が包み隠さず発表し、各国の代表者も間違いないと宣言したわけだからな……

なので、体調が戻ってももうしばらくは魔王城にいたほうがよいでしょう、とリビングメイドさんは言う。

侵略が未遂に済んでも相当な混乱が起きているのだから、もし実行されていたらと思うと改めてぞっとさせられる――焼け落ちる家、地面に横たわる物言わぬ無数の死体、泣き叫ぶ声、それらが聞こえない洗脳されたプレイヤーが殺戮《さつりく》を行う地獄。この世界がそんな風に変貌を遂げてしまってもおかしくはなかったのだ……

（そうならなかったのは、命を懸けてくれた戦友達のおかげだ。皆が必死で戦ったから、悲惨極まりない未来へ進む運命を撥ねのけることに成功したのだ。それを忘れてはいけない――）

急に黙りこくった自分が心配になったのか、リビングメイドさんが「お体が痛むのですか？」と問いかけてきた。

「いえ、そうじゃないです。ただ、今回の戦いのことを思い出していました。共に戦い、帰ってくることができなかった戦友達のことを思っていました。彼らに敬意と、感謝の気持ちを送っていました」

思い出すな、というのは無理だろう。本当に、ここまで精神的にキツかった戦いは久しぶりだ。おまけに今回は犠牲者が非常に多い。彼らのことは、今後何度も繰り返し思い出してしまうんだろうな。

「魔王様から全てのお話を聞いた私達リビングメイド隊も、皆が卒倒しそうになりました。あまりにも恐ろしい世界の敵を、皆様は相手にしたのです――よくぞ勝ってくださったと、心の底から思っております。もし皆様が負けていたらと想像するあまり、同僚の中には未だに時々夜中に飛び起きてしまう者もおります……」

もっと楽勝だったら、そんな思いをさせることもなかったんだろうけどな。だが、もう結果は変えられない。最悪ではないが、最善とも言い難い結果だった。叶うなら、洗脳を受けた人々を無事に解放してあげたかった。だがそれどころか、人体改造されてしまった人々に至ってはこの手で殺すほかなかった。

護るべき存在を殺さざるを得なかった――あの戦いに参加した我々は、今後そんなストレスを抱えて生きなきゃいけない。トラウマになった人もいるだろうから、まともに眠れない日々を過ごす可能性もある。また、心無い人から救うべき人を救わなかったと陰口《かげぐち》を叩かれ続けるかもしれない。

（こっちの世界のマスコミが、アホなことをしなきゃいいんだが……）

己の身を賭して世界を護ったのに、一方的な思い込みや批判を前面に押し立てた偏向報道をされる可能性も否定できない。もしそんな扱いをされたら、せっかくあの戦いから生きて帰った兵士の心が壊れてしまいかねない。そして、狂気に身を委ねてしまうかも――

（魔王様も何か手を考えていらっしゃるとは思うが、自分の考えを伝えておくか）

リビングメイドさんに書くものを用意してもらい（万年筆のような物だったので、不慣れな自分は苦戦したけど）、手紙をしたためてリビングメイドさんに持たせた。それから、ログアウトするためにベッドの中に入った。

（無用な混乱をふりまく者や面白半分で戦友を貶《おとし》める者が出てきた場合は、義賊として動かなければならないかもな……必死で頑張った人達の真実を歪めるような真似をするのならば容赦はしない。絶対にな）

◆　◆　◆

更にリアルで四日が経過した。ようやく、自分の体に長居をしていた［脱力］が消失したのだが……なんか、逆に体のキレが異様に良くなっている。基本的なローキックやミドルキックを放つだけでも、以前にはなかった音がする。

たとえるなら、格闘ゲームなんかの強いファイター達が起こすような風切り音が聞こえるようになったのだ。アーツを使ってみても、今までは何だったのだというぐらい早く、そして柔軟に出せる。

ただ［最大MP超大幅低下］の影響で、ガス欠になるまでがものすごく早くなってしまった。これまで以上にアーツに頼らず戦う術《すべ》を磨いていかなければ、今後生き残っていくのは難しいだろう。

（［脱力］が、天然のトレーニング器具の役割を果たしていたとでもいうのだろうか？　確かに［脱力］状態の中でも毎日ログインして訓練はやってたけど……たった数日で効果が出るほど甘いものだとは思えない）

おそらくだが、理由は別のことだろう。まあ、ＨＰとＭＰという大事な要素が弱体化してしまった今、少しでも強くなった要素があってその埋め合わせができるのであれば助かる。なんにせよ、これで魔王城での療養生活はお終いにしていいだろう。

（魔王様に旅立ちの挨拶がてら、ＨＰやＭＰの最大値を伸ばせるアクセサリーの存在を聞いてみるか。あればそれを取りに行くのが目標になるし、ないならないで諦めがつく。その後は義賊としての活動を行いつつ、世界を一周してみよう）

考えもまとまったので、訓練場を後にして、旅支度を整える。まあ、装備を纏って忘れ物がないか確認をするだけなんだけどさ。

長らく世話になった部屋を出て、近くにいたリビングメイドさんに声をかける。

「今、お時間よろしいでしょうか？」

「はい、大丈夫です。如何なさいましたか？」

体が完全に復調したので旅立ちの挨拶をしたいが、魔王様のご都合がよいときを知りたい、と伝えると、「承知いたしました、確認しますのでしばしお待ちください」と別室に案内される。

その部屋で待つこと数分、リビングメイドさんがノックの後で部屋に入ってきた。

「魔王様がお会いになられるそうです。どうぞこちらへ」

あれ、そんなに早く会ってもらえるのか。たまたま都合がよかったのかな？　それとも無理に時間を作ってくれたのだろうか？　後者だったら申し訳ない気持ちになるな……

でもなんにせよ、会ってくれるというのであればさっさと会って用事を済ませてしまったほうが、向こうの仕事を邪魔せずに済むだろう。

もはや何度も入ったが故に臆することがなくなってしまった魔王様の執務室に案内され、ノックしてから室内に足を踏み入れる。

部屋の中では、魔王様がリビングメイドの用意した紅茶を優雅に口に運んでいた。腰かけて楽にしてくれ、と言われたので、遠慮なく椅子に座らせてもらう。座ると同時に、リビングメイドさんの一人が自分にも紅茶を用意してくれる。

「体は、随分と良くなったようだね」

「はい、リビングメイドの皆様の献身的なお世話のおかげで、体調は万全になりました。ここで休ませてくださった魔王様にも感謝を」

それから今回の戦いについて少々会話した後、自分はＨＰとＭＰの最大値を上げてくれるアクセサリーの存在について尋ねてみることにした。

「魔王様、質問がございます。よろしいでしょうか?」

「ふむ、なんだ? 魔族の機密以外なら何でも答えよう」

「実は先の戦いで、私は魔剣と生命力と精神力そのものをかなり犠牲にいたしました。訓練場を借りて確認してみたのですが、特に精神力の減少が大きく、魔法や大技を使える回数が著《いちじる》しく減ってしまいました。ですので、これから先の旅で役立ちそうな新しいスネークソードや、すり減ってしまった生命力と精神力を補ってくれるアクセサリーを探そうと考えております。その在りかについて、何か情報を頂けないでしょうか?」

Wikiやアクセサリーを扱っている取引サイトを見ればいいじゃないか、という意見もあるだろうし、自分だって実際に見てみた。

が、スネークソードのほうはともかく、HPとMPの増強効果が付いたアクセサリーは——付与されている効果は大したことないのに、価格はというとバカ高いレア物しかなかったんだよね。今回の戦いで多大な褒賞が出たけど、一つでその全額の三倍ぐらいする……故に自分の財力では購入は現実的じゃない。

そりゃ今使っているドラゴンスケイルメイルのセットを手放せば買えるだけのお金が出来るが、そんな選択肢はありようはずもない。

自分の質問を聞いた魔王様は、ティーカップを机の上に置き、何かを思い出そうとしてか目を閉じる……多分一分ぐらいそうしていた魔王様は、また目を見開くと紅茶をひと口飲んでから、口を開いた。

「うむ、そうだな……いくつか心当たりはある。が、スネークソードについては以前貴殿が使っていた魔剣からすると大きく見劣りするし、生命力と精神力を補えるアイテムは多少増える程度の効果が大半で、気休めにしかならない。それではおそらく貴公の要求するレベルには満たないだろう。特に生命力と精神力は、減った分の半分ぐらいは取り戻したいと思っているはずだ。違うかね？」

魔王様の問いかけに、自分は頷いた。

取引サイトでも比較的お手頃価格の品はあった。でもそんなのを買っても、安物買いの銭失いになるだけ——お値段的には安物買いとは口が裂けても言えないんだけどさ。それに、僅かでもＨＰやＭＰを伸ばしたいっていうタンクや魔法使いプレイヤーには結構売れてるらしい。

「スネークソードは魔剣であることにはこだわりませんが、やっぱりある程度の性能は欲しいところですね。生命力や精神力のほうも、半分は無理でもできるだけ多く補強してくれることが望ましいのは言うまでもありませんね。このまま旅を続けるのは正直不安でしかありませんから」

自分の正直な言葉に、魔王様もやはりな、としたり顔で頷いた。それからポンポンと静かに手を叩いてリビングメイドさんの一人を近くに呼び、「あれを持て、手早くな」と指示した。

それを受けて退出し、しばし後に再び部屋に戻ってきたそのリビングメイドさんの手には、小さな箱があった。金と銀の装飾が施されており、見るからに価値のある物を入れているといった印象だ。

その箱が、自分の目の前に置かれた。

「いやよかった、今回の戦いに関して何を貴公への褒賞としようかという悩みが解消された。開けてくれ、君が欲しい物の片割れが入っている」

魔王様に勧められるままゆっくりと箱を開けると、中に入っていたのは非常に薄くて脆そうな、蒼いサークレット状の物だった。触るだけでパキッと音を立てて壊れてしまいそうなほどに儚《はかな》く見えるので、取り出すのが怖い。

「それをな、そっと頭に付けてほしい。するとその飾りが頭の中に染み込んで一体化する。材料や職人の余力などの様々な理由で、この魔王領でも一〇年に一つしか作られることのない希少な品だが、貴公にならば贈っても惜しくはない。いやむしろ、貴公にこそぜひ使ってほしい。受け取ってくれ」

なんかさらっととんでもないこと言われたんですけど。頭の中に染み込んで一体化ってどういうことですか？　呪われてるんじゃないだろうな……

えーっと、これはどういうアイテムなんだと恐る恐る手に取ってみると……

ITEM

【魂《たましい》のサークレット】

装着すると頭と一体化する、一風変わったアクセサリー兼防具。

そのため、見た目からは装備しているかどうかは分からない。

一度装着すると外すことはできない。また、兜《かぶと》などの頭部装備を身に付ける妨《さまた》げにならない。

種類：？？？

効果：守備力《Def》＋30
特殊効果：「ヘッドショットによるダメージを軽減（中）」「即死耐性（大）」

「最大ＨＰ増加（中）」「最大ＭＰ増加（大）」「装着後取り外し不可能」


わぁ、これまた……えーっと、取引サイトで見た中に、最大ＭＰを伸ばすピアスの中で性能が（中）ランクだったやつが一個だけあったっけ。で、それのお値段が……少なくとも兆《テラ》ランクまで到達してたっけな。絶対こんなの買えないよと思って諦めたんだが、まさかそれ以上の物を目の前にポンと置かれるとは。

「本当に、頂いてもよろしいのでしょうか？」

「もちろんだ、ただしこの場で装着してほしい。他者に使わせるわけにはいかなくてな。これまでに様々な成果を上げて、地上を護った貴公だから渡すのだ」

そういうことなら……と、さっそく【魂のサークレット】をそっと頭に付ける。すると、頭に奇妙過ぎる感覚が。うあー、なんか中途半端にもぞもぞむずむずして気持ち悪いんですが。

それも収まったので頭を撫でてみると……確かに付けたはずのサークレットの手ごたえがなくて、肌の感触しか感じられない。

「無事装着できたようだな。一応言っておくが、この品の存在は他言無用だ。理由は分かるだろう？」

「もちろんです。このような有用な物があると知れれば、数え切れぬほどの人々が魔王領に押し寄せるでしょう。そしてその者達に貴重な品である故もう手に入らないと言っても、おそらく聞く耳を持たないでしょう。そのようなことで魔王様に負担をおかけするなど、あってはなりませんから」

装備一つで世界が変わる、なんてこともあるのがＲＰＧだ。それはＭＭＯという多人数参加型になっても変わることはない。だから、少しでも性能の良い装備を求めてあっちこっち渡り歩くプレイヤーは数多いのだ。

「分かってくれているようで何よりだ。繰り返すが、これは有翼人との戦いが始まる前から魔王領に貢献し続けてくれた恩ある貴公だからこそ、譲ることにした一品だ。たとえまだ他にあったとしても、他の者に渡すつもりは全くない」

更に言うなら、自分が人族でありながら魔王の力を使える存在だから、ってのもありそうだね。ま、どんな考えがあったとしても、こんな貴重な物を頂けたんだから感謝しないとな。

「ありがとうございます、おかげでこれからの旅がかなり楽になります」

「旅の幸運を祈る。それと、いつでもここに帰ってきてくれていい。この魔王領を第二の故郷と思ってくれたら嬉しい。本音を言えば、スネークソードのほうも何とか都合をつけてやりたかったのだが……」

いやいや、このサークレットだけでも十分過ぎるぐらいですよ、魔王様。

少し申し訳なさそうにしている魔王様に頭を下げ、失礼させていただいく。

さてと、まずはフォルカウスの街に行くかな。そこで義賊小人から何か問題が起きていないか聞かなくちゃ。

残るスネークソードについてだが……こちらについてはクラネス師匠を当たってみるとしよう。それでもダメなら、褒賞でもらった金を全額突っ込んででも他のプレイヤーから買うしかないな。

STATUS

【スキル一覧】

〈風迅狩弓〉Lv50（The Limit!）〈砕蹴（エルフ流・限定師範代候補）〉Lv46

〈精密な指〉Lv57〈小盾〉Lv44〈蛇剣武術身体能力強化〉Lv38

〈魔剣の残骸・明鏡止水の境地〉Lv1〈百里眼〉Lv46〈隠蔽・改〉Lv7〈義賊頭〉Lv88

〈妖精招来〉Lv22（強制習得・昇格・控えスキルへの移動不可能）

追加能力スキル

〈黄龍変身・覚醒〉Lv??（使用不可）〈偶像の魔王〉Lv9

控えスキル

〈木工の経験者〉Lv14〈釣り〉（LOST!）〈人魚泳法〉Lv10

〈ドワーフ流鍛冶屋・史伝〉Lv99（The Limit!）〈薬剤の経験者〉Lv43〈医食同源料理人〉Lv25

ＥｘＰ53

称号：妖精女王の意見者　一人で強者を討伐した者　ドラゴンと龍に関わった者

妖精に祝福を受けた者　ドラゴンを調理した者　雲獣セラピスト　災いを砕きに行く者

託された者　龍の盟友　ドラゴンスレイヤー（胃袋限定）　義賊　人魚を釣った人

妖精国の隠れアイドル　悲しみの激情を知る者　メイドのご主人様（仮）　呪具の恋人

魔王の代理人　人族半分辞めました　闇の盟友　魔王領の知られざる救世主　無謀者
魔王の真実を知る魔王外の存在　天を穿つ者　魔王領名誉貴族
プレイヤーからの二つ名：妖精王候補（妬）　戦場の料理人
強化を行ったアーツ：《ソニックハウンドアローLv5》
状態異常：［最大HP低下］［最大MP大幅低下］［黄龍封印］

18

翌日、魔王様をはじめとする大勢の魔族の方々に見送られて、魔王城から出発。それからアクアの背に乗せてもらって、フォルカウスまであっという間に到着した。

アクアも走り回れたことで大いに満足したみたいで何より……と、楽しい気分でいられたのはここまでだった。

さっそく宿を取り、腹心である義賊小人のリーダーを呼んで話を聞いた今、自分は頭を抱えていた。

「そうか。大切な人を失った悲しみの気持ちは分かる、分かるのだがな……」

「へい、あっしも気持ちは分かりやす。しかし、世界の危機に立ち向かって体をぼろぼろにしながらも戦い抜いた方々に、罪は一切ありやせん。だのにそんな方々に『もっと上手くやれたんじゃないか』と詰め寄り、罵声《ばせい》を浴びせるのは筋《すじ》が通りやせん」

そう、自分の危惧《きぐ》していたことが実際に起きていた。標的にされているのは、龍人と獣人の一部の生存者らしい。その影響で彼らの精神状態は悪化の一途を辿っており、せっかく生きて帰ってこられたのに、このままでは最悪の結末すら迎えかねない状況だという。

「この一件に関し、どう対処すべきか話し合う場を持ちたいとの打診が、複数の義賊達から親分宛に届いておりやす」

「俺にか？」

「へい、我々は『始《はじ》まりの義賊団《ぎぞくだん》』と呼ばれて、他の義賊達から一目置かれておりやす。その頭目である親分にはぜひ来てほしいという話で、へい」

ふむ、ならば顔を出すか。変装が必要だが、まだ変装道具の在庫はあるからすぐに済む。

「分かった、参加すると告げておけ。それとお前も来い。集めた情報を共有するためにも、そのほうが都合がいい」

「分かりやした。では少しお待ちくだせえ、すぐにいつ集まるかを決めてきやす」

小人リーダーはそう言い残して姿を消した。

それにしても困ったことになった。自分が寝込んでいる間、戦友達がそんな扱いを受けていたとは。

さっき口にした通り、犠牲者の遺族のやりきれない気持ちも分からんではない。だが、戦友達をそのはけ口にされるのは我慢ならない。悪事を働いていたのはあくまで有翼人達であり、それを止めたのに責められるのはお門違《かどちが》いもいいところだ。

と、そこに小人リーダーが帰ってきた。ずいぶん早いな？

「親分、他の義賊達との集合時間が決まりやした。今夜、この街で話し合いを行いやす」

「そうか、分かった。集まるのはどれぐらいだ？」

「へい、十四の義賊団の頭と腹心が集まる予定となっておりやす」

十四もの義賊団、か。かなり多いな。それだけ今回の件を重く見ている人が多いってことだろう。

彼らの気持ちはありがたいが、それだけの大事《おおごと》になってしまっているのは困りものだ。


変装を済ませて夜を待ち、日が落ちると共に宿屋からそっと抜け出した。

（親分、こちらです）

（分かった）

小人リーダーの案内で、人気《ひとけ》がない所を静かに走り抜ける。やがてある狭い路地に辿り着き、小人リーダーがそっと地面に触れると、そこがスライドしてぽっかりと穴が開いた。どうやらここが、今回の話し合いの場のようだ。

二メートルぐらいの深さの底まで飛び降りると、すぐさま頭上がスライドして穴がふさがる。ずいぶんと手が込んでいる。

そこから更に狭い通路を歩き続けること一分ほどで、一つの大部屋に到着する。すでに七人ほど、各義賊団の頭《かしら》と思われる人物が待っていた。そんな彼らはこちらを一瞥《いちべつ》すると……

「あの小人といるということは……あれが『始まり』の頭目か」

「始まりの義賊団、動いたか」

「今日で今後の方針が決められるな」

なんて囁きが交錯する。なんか、変に期待されてる感じだが――やれやれ、自分はそんな大層な人間じゃないんだがね。むしろ、すごいのは部下の義賊小人達であって、自分はあんまり有能じゃないんだよな。

その後、十四の義賊団の代表が全て集まり、いよいよ話し合いが始まった。ちなみに、部屋の中央に円卓が置かれ、参加者はそれを囲む椅子に腰かけている。

「まずは、集まってくださった皆様に感謝を。よろしければ、私が進行役を担わせてさせていただきます」

藍《あい》色のローブを纏い、フードを深くかぶった一人が発した言葉に、皆が頷く。今日決めるべきことが決まるなら進行役は誰でもいい、という感じだ。

「ご不満の声が上がらなかったようなので、話を進めます。こうして集まって頂いた理由はもちろん、有翼人との戦いから帰ってきた方達のうちの何名かが、云《い》われなき中傷を受け続けている件にどう対処するかを話し合うためです」

再び皆が頷き、進行役は言葉を続ける。

「では、皆様の意見を伺いましょう。まず、発言して頂きたい方を私が順に指定いたしますので、その方だけ発言をしてください。意見交換の場は後で必ず設けますので。ヤジなどはお控えください」

そんな前置きをしてから、順に発言を求めていく進行役。

参加者から出てきた意見はだいたい……「云われなき中傷は許すべきではない。即刻阻止するべきだ」という派と、「辛い感情の矛先《ほこさき》を求める気持ちも分かる、無理に押さえつけても反発を生むだけ。だから元兵士達を他の場所に転居させて、静かに過ごさせよう」という派に分かれた。

「では最後に、始まりの義賊団のお頭。発言をどうぞ」

ついに自分の番になってしまった。ここまで、どちら側の意見にも相応の理があるし、今の状態を何とかしたいのは皆同じだと分かった。さて、自分はどう答えるべきかと迷っていると……

この場に、乱入者が一人現れた。それは自分の部下の一人だったが、何があった？

「親分、大事なお話し中であることは分かっておりやす。しかし、早急にお耳に入れたいことが……」

部下はそんなことを言ってきた。ひとまず他の義賊達にジェスチャーで待ってくれと伝え、部下の説明に耳を傾け……話を聞いていくうちに、自分の顔が徐々に熱を帯びていくのを感じた。もたらされたのは、とんでもないことかつ許しがたい情報だった。

「間違い、ないのだな？」

「はい、裏も取りました。間違いないです」

周囲の僅かな騒《ざわ》めきを手で制して、自分は立ち上がる。

「では、俺の意見を述べよう。今回の一件、どうやら焚《た》き付《つ》け役がいる。大事な人を失って傷心の日々を送っていた人々に対し、それは連合軍の兵士が下手を打ったせいだというデマを流している悪党の存在を、俺の部下が教えてくれた。奴らは、闇に紛れてこそこそと人々の心に憎しみの火を灯《とも》し、より大きくしようと企んでいる」

場の空気が変貌するのを感じ取りつつ、自分は言葉を続ける。

「そして、そんな奴らの狙いは、元兵士達が魔王様より頂いた褒賞金のようだ。元兵士達が精神的に追い詰められて何かしらの自棄《やけ》を起こすように操作し、その隙を突いて財産を根こそぎ奪い取ってしまおうという算段を立てているようだ。とんでもない悪党もいたものだ！」

自分の糾弾に、この場に集まった皆が頷く。

「故に、一つ提案をする。まずはそいつらを根こそぎ潰す。そして、地上連合軍は下手を打ったどころか、実際はその身を削り、涙を流し、血を流し、魂すら失いそうになる戦いを経て地上を護ったのだという真実を、多くの民衆に教えてやるのだ。そうすれば、元兵士達がこれ以上中傷を受けることもなくなり、民衆も悪意ある者に躍らされて愚を犯したことを反省する機会を作れるのではないだろうか？」

力で押さえつけて謝らせても、何の解決にもならないからな。自分から過ちを認めて相手に謝罪しなければ、また同じことが繰り返されるだけだ。

だから、焚き付け役を捕縛し、悪意を持って真実を歪めたのはこいつらだと広く喧伝《けんでん》してやれば……

「なるほど、確かにそう動けば、兵は命を懸けて必死にやったのだと民衆も納得できるか」

「それにそんな悪党を放置するなど、義賊としてあり得ん」

「今の状況を改善できる一手だろう」

「今まで出た意見の中で、一番いい方法だ」

皆も同意してくれたので、これで話はまとまったな。じゃあ……

「そいつらの名前、人相、住処などは割れているのか？」

「もちろんです、こちらをどうぞ」

準備のいい部下で助かるよ。やっぱり自分にはもったいない優秀さだわ。

渡された資料に目を通すと……相手は街に潜むギャングみたいな連中か。

ひと通り読み終わった自分は、他の義賊達にもその資料を回す。

「――ここまで詳しく調べたのか」

「『始まり』はやっぱり仕事が早い。これならばまとめて捕縛するのもそう難しくは――」

「ああ、各義賊団が連携すれば一日で終わるだろう――」

そのまま、ギャング捕縛作戦を話し合う流れとなった。捕縛対象は合計三四名。自分が義賊団の頭として動く、久々の大捕り物《おおとりもの》となるだろう。

◆　◆　◆

これだけの大捕り物となると、すぐさま実行というわけにはいかない。もっと情報や証拠を集めておかなければならなかった。

なので各義賊団が、自分の部下が持ち込んだ情報をもとに、数日かけてギャングの状況を探る。

するとその過程で、色々なことが分かってきた。

一つ、このギャング団は前々から存在していたものではなく、今回の悪事のために結成された。各国にアジトが分散していて、人種も様々。そして目的を達成して手に入れた金品を山分けしたら、すぐさま解散することが決まっている。

二つ、あくまで目的に向けて協力する同志達の集まりということらしく、このギャング団にはトップが存在しない。

三つ、全員武装はしていない。あくまで言葉で焚き付けてターゲットを追い込むことにしているので、戦闘する理由がないからだろう。むしろ下手に武装すれば、公的機関に目を付けられる可能性が上がるだけである。

一般人への偽装も徹底しており、下手に手を出せばかえってこちらが不利になりかねない。なので決定的な証拠として、彼らがアジトで悪事を話し合う様子を、メンバー総がかりで記録水晶に収めておいた。忍び込むのは骨が折れたが……何とかギャング全員分の証拠を揃えられた。

「くっそ面倒かけさせられたな。だがその甲斐あって、ようやく一般人でもお偉いさんでも誰が見ても納得するだけの記録が集まった」

「ああ、この映像があれば言い逃れはできん。記録水晶には事実しか収められないからな、何よりの証拠となる」

「ここまで来るのにずいぶんと我慢しなきゃならなかったが……これでようやく動ける」

お互いが撮ってきた映像を見ながら、義賊の頭同士でそんな会話を交わす。

自分ももちろんそこに参加しているわけなのだが……自分の戦友をどう貶めるのが効率的か、どう扇動すればより早く死に至らせられるかという胸糞《むなくそ》悪い話し合いと、その合間合間に挟まる奴らの下品な笑い声が、自分の心を逆なでする。

くそったれが、こんな奴らの振るう口舌の刃によって戦友達の心が今も切り刻まれているなんてな……殺気を抑えるのが大変だ。

「よし、必要な証拠はここに揃った！　いよいよ決行だ！　この悪事を人々の前に晒け出し、外道極まる奴らに鉄槌を下す！」

「「「おう！！！」」」

自分が上げた気勢に、他の義賊団の頭達も賛同した。

決行時刻は、リアルの時間で明日の午後九時半あたりに決まった。これは「ワンモア」世界も夜を迎えている時間帯となる。

計画としては、義賊団が協力して各地のギャング団全員を同時に捕縛。その後それぞれ現地のお偉いさん達のもとに連中の身柄と証拠の記録水晶を送り届け、奴らの悪事を世界に知らしめてもらう。義賊である我々は表に出ることなく影働《かげばたら》きに徹しなければならないので、真実を伝える役回りには誰か別の人を立てる他ないからな。

——そして翌日。我々義賊団は、ギャング団のアジトを強襲するべく、各地に散っている。自分達は龍の国、五《いつ》が武《たけ》にあるアジトの担当。まず五が武と六《むっ》が武《たけ》の間にある関所に顔を出し、証拠の水晶を見せて事情を理解してもらった上で、夜中に悪党を運んで通行する許可を取った。そのまま龍城にも出向き、やはり水晶の映像を見せて悪党への処置を頼んでおいた。

あとは、準備を整えた上で夜の決行時間まで五が武にて待機。

そして迎えた夜。優秀な部下と共に、闇に紛れて静かに移動。音一つ立てずに移動する部下達が実に頼もしい。

奴らのアジトに到着すると、手分けして出入り口をしっかりと封鎖。これで中にいる連中は、こちらを倒さずに逃げることはまずできない。そして見張りの部下を残し、小人リーダーと数人の部下を伴って中に忍び込む。

「報告、この街に住んでいる標的の一人はかなり憔悴《しょうすい》している。あとひと押しだろう」

「別の一人もいい感じに追い込めている。もうすぐ暴れ出して、捕縛、処刑されるだろうな」

「こちらも同じといったところだ。くふ、くふふふ。屈強な戦士といえども、自分が必死で守った存在からこうもなじられる日々を送れば脆くなるわい」

「よし、そろそろ詰めだな。お宝の在りかはしっかりと分かってるな？　奪い取るのに使える時間は僅かだから、もたもたやってられねえぞ」

僅かな光の下で、そんなことを話し合っているギャング達。顔を確認……よし、全員情報通りの面《つら》だな。ぱっと見では一般人に化けているが、ほくろの位置だとか、眉毛の形だとか、そういった顔のパーツで見分けがつく。間違いなくここにはターゲットしかいない。種族も人族、エルフ、獣人、龍人と実に様々。どの種族にも悪党はいるということだ。

「これで莫大な金が手に入る。一生遊んで暮らせるぜ」

「ああ。悪事を一回やるだけで、後は悠々自適に過ごせるのだから、笑いが止まらねえぜ」

「俺達は今回のためだけに集まったのだからな。厄介な連中も、俺達の存在には気が付いていないはずだ」

今の様子も記録水晶に収めながら、部下達と取り囲むように移動する。あちこちに散った部下達が、次々と親指を立てるハンドサインを出す。準備完了だな。

これで自分が動けば、それに合わせて部下達も動いてくれる。そろそろ仕掛けるか。

「では、各自仕事に戻ろうか。あと少しで俺達の懐《ふところ》に莫大な金が――」

「入ることは永久にない。腐れ外道共、明朝に上る日の光は、縄に縛られた貴様らの姿を照らし出すことだろう！」

連中の一人の言葉を遮ったのは、自分の声。言い終わるのとほぼ同時に、自分と部下達は一斉に動いた。

ギャング全員に一発くれてやって動きを封じた後に、持ってきた縄で素早く手足を縛り上げていく。作戦開始の一分後には、ギャング達は揃って身動きが取れない状態となっていた。作戦成功だ。

「て、めえ……らは……」

「始まり、の、義賊、団……！　なぜ、ここがっ……!?」

捕縛されたギャング達が体の痛みをこらえつつ、そんなことを口にする。それに返答したのは小人リーダーだ。

「お前らの悪事、あっしらが放置しておくとでも思ったか？　ずいぶんと甘く見られたもんだ……その甘さが、てめえらの敗因というやつよ！　でしょう、親分？」

小人リーダーに、自分は静かにうなずく。

さて、もたもたしている理由はない。人の目がない夜のうちに、こいつらを龍城まで運ばなきゃならないんだからな。

ギャング団全員に猿轡《さるぐつわ》を噛ませた上、口元を覆うように布を括り付けて、より声が出しにくくしておく。

「ではとっとと運ぶぞ。時間は待ってくれん」

「へい、親分」

ギャング一人につき部下三人がかりで持ち上げ、外に用意してあった大八車に乗っけて輸送。関所には先に話を通しておいたし、新しく水晶に撮った先程のこいつらの会話も見せれば、すんなりと通してくれた。

それから六が武の人気《ひとけ》のない場所を通り、龍城正面へ。すると、そこには幾人もの家来を従えた龍稀様が仁王立ちして待っていた。

とりあえず、捕まえたギャング達を龍稀様の前まで持っていく。龍稀様は険しい表情を崩さず、ギャング達を眺める。

「こやつらがそうだな？」

「そうだ。ついでに新しい証拠も添えてやろう、これを見るがいい」

自分が渡した記録水晶の映像を見て、龍稀様の体が震える。ああ、これは間違いなく怒っている。無理もない、地上を護った勇士達に対するこいつらの悪辣さは、決して許せるものではないだろう。もちろん、自分だって許せない。せっかく世界が救われたのに、その行為に砂をかけやがって……

「貴様ら……このようなことをよくも我が領内でやってくれたな？　貴様達は命の恩を仇《あだ》で返した下種《げす》以外の何者でもない。貴様らは楽には殺さぬ……あらゆる拷問にかけ、あらゆる苦痛を与え、殺してくれと懇願してもなお苦痛を与え続けよう！　龍の逆鱗《げきりん》に触れた者の末路、己が体で知るがいい……！！！」

すでにギャング達は、龍稀様の出す威圧に怯え切っている。あれ、数名が漏らしたな？　水の音が聞こえる。

そうしてギャング達を睨み続けていた龍稀様だったが、今度はこちらに顔を向ける。

「義賊殿の働きがなければ、なぜあのような噂が立ったのかを突き止めるのにまだまだ時間がかかったであろう。悲しみと怒りに囚われた遺族を力で押さえつけるわけにはいかず、さりとて勇士達の窮地を放ってもおけずと苦悩していたが……貴殿らのおかげで解決した。何をもって礼とすればよいか分からぬ」

そんな龍稀様に自分は首を横に振る。

「気にするな。我らは義によって動く。このような悪党をのさばらせておくのは、その義に反するが故の行動に過ぎん。もし我らに褒美をというのであれば、この者達の悪事をしっかりと天下に知らしめ、相応の裁きを下せばそれでいい。それから、地上を護ってくれた勇士の方々に対する支援をしてやれ。金を渡せという意味ではないぞ？　勇士達の働きの真実を人々に広め、我ら全員の恩人であるということを伝えるのだ」

人々のために戦ったのに、護るために自分の心身を傷だらけにしたのに、その護った人々からなじられて苦しまなければならないなんてこと、義賊云々《うんぬん》じゃなく人として我慢できない。彼らは相応に報われなきゃ、納得がいかないというものだ。

現実はそう上手くはいかない、なんて言われても知ったことじゃない。自分が納得するように動く、それだけのことである。

「あい分かった。この者達への苛烈な裁き、そして勇士達の名誉回復はしっかりと果たす。龍の国を預かる者として確かに約束しよう」

龍稀様の言葉に頷き、自分達は撤収した。ここから先は任せるしかないからな……
さて、どういう風に裁きを下すのか、しっかり見せてもらうとしようか。

19

龍稀様の行動は素早かった。自分らが夜中にとっ捕まえてきてから夜が明けるまでに、今回のギャング連中に対する判決が下ったのだ。

その内容は、「市中引き回しの上、『虚空《こくう》の壺《つぼ》』にて二〇年の拷問を与えた後に処刑」というもの。

これについて、一つひとつ詳細を述べていこう。

まず、市中引き回しについて。これは時代劇でもおなじみだが、「ワンモア」世界の場合、罪人を台座の上に正座させ、罪状がでかでかと書かれた立て札を付けて街中を連れ回すというもの。要は、こういう犯罪を行ったのがこいつですよー、と晒し者にするわけである。ちなみに、史実だとそのまま刑場に連れて行って磔刑《たっけい》なんかにするそうだ。

次は、虚空の壺にて二〇年間の拷問について。この壺には一人の人間を封じ込めることができ、そいつは空腹にならない、病《やまい》にならない、死なないという状態になる。ただし、中にはひたすら真っ白い地面と真っ白い空しか存在しないらしく……そんな空間に自分一人しかいない状況が続くと、大抵は精神が耐えられずに正気を保てなくなる。

が、そうなっても壺の効果のおかげで無理やり正気に戻され、また正気を失ってもまた戻される……そんなのを延々と二〇年間もやらされるのである。

最後の処刑については、もうそのまんまなので割愛する。首を刎ねるだけだからね……

後で聞いた話だが、今までの虚空の壺による拷問の最長記録は一年だったそうだ。壺から出された罪人はただひと言、「やっと死ねるのか」と言ったという。今回はその二〇倍という長さから、龍稀様がどれだけ怒り狂っていたのかがよく分かるというものである。

夜が明けて朝飯の時間が終わった頃合いで、さっそく市中引き回しの刑が執り行われた。立て札には『この者達、多くの民を護りし勇士達の名声を流言をもって不当に貶めたばかりでなく、その財を狙った大罪人。まさに外道という言葉を人の形にした悪辣なる存在也』と書かれていた。

大勢の町人が、罪人の面《つら》を拝みに来た。その人達の中からは「あいつ、本当はこうだったとか俺にあれこれ言ってきた奴じゃねえか」とか「嘘だろ、あいつらの言ってたことって嘘だったのか⁉」といった会話がちらほら聞こえてくる。

やがて市中引き回しが終わり、罪人は龍城へと戻り……虚空の壺の用意が進められる。罪人達は壺を見るなり、涙を流す、首を激しく振る、奇声を上げる（猿轡がしっかり嵌っているのでうーうーという音が漏れる程度だったが）などの反応を見せる。龍稀様はそんな彼らを横目に、龍城に集まってきた人々の前に立つ。

「聞けい、皆の者！　此度の一件、調べによりこの者達の罪は明白となった！　よって今より虚空の壺に二〇年閉じ込め、その後に処刑することを決めた！」

今まで聞いたことのない刑期の長さに、この場に集まっていた多くの人々の間から騒《ざわ》めきが起こる。それが収まるのを待ってから、再び龍稀様が口を開く。

「これほどまでに長い理由は……真実を歪めた罪の重さだけではない！　今回の流言は決して許せるものではないからだ！　この者達が広めた流言が事実だったらどうなっていたか、お前達は理解していない！」

再び起こる騒めき。だが、今度は静かになるのを待つことなく龍稀様は話を続ける。

「彼らが負けていれば、今頃我々は勝つ望みの薄い戦いに呑み込まれていただろう！　洗脳されて敵に回った同胞と刃を向け合い、非道な改造を受けた子供や老人と対峙していただろう！　全ての街は火に包まれ、多くの死体が地に積み重なっていただろう！　そんな悲惨な定めを避けられたのは、彼ら地上連合軍が命を賭した戦いに挑み、その戦いに多大な犠牲を払いながら見事勝ってくれたからである！」

一転して場が静まり返る。龍稀様から発せられる気迫が、全て嘘偽りのない真実を語っていると、民に悟らせたのだろう。

もちろん、それで話は終わらない。

「その戦いから生きて帰ってきた者は、一割にすら満たなかった！　地上連合軍に参加した者のほぼ全てが文字通り身を捧《ささ》げたのだ！　その献身あってこそ、今我々はこうして穏やかな日々を送ることができている！　そして生きて帰ってきた僅かな勇士達も、心身を摩耗《まもう》しきっておる。体を動かすだけでやってくる痛みと戦いながら、これからの生を歩んでいかねばならぬ！　そんな恩人達に向かって、お前達は流言に乗って石を投げたのだ！　その罪の重さがいかほどか、少しでも分かるというのであれば恥じるがいい！」

反論は一つも起こらなかった。策略に乗せられたとはいえ、自分達がとんでもないことを仕出かしていたことを皆理解したのだろう。

「流言に乗って勇士達に対する攻撃を行った者達には、今年の税は倍額を支払うことを命ずる！　むろんその分の税は、体を労わらねばならぬ勇士達への支援に回す。すでに調べはついている、自分はやってないなどという言い訳は聞かぬ！」

ここで静かだった場がまた騒がしくなった。いきなり税が倍というのはひどすぎる、こちらだって大事な人を失っているのは事実だ、その悲しみや怒りはどこに向ければいい、などという声が上がる。

そんな彼らに対し、龍稀様は——

「なお、此度の戦いに加わったドラゴン族は、戦いの末に命を使い果たして全滅。秘かに我らから送った龍神すらも一柱が討ち取られておる。そんな戦いを、お前達は経験せずに済んだのだぞ？　そんな戦いに赴き地上の民の盾となった勇士達に対する仕打ちを考えれば、金で償える罪などあってないようなものであろうが！」

今度はハッキリと、龍稀様の怒りが、大波を前にしたような威圧が、人々に向かって放たれる。腰を抜かして座り込んでしまう姿も多々見られ、また「あの強靭なドラゴン族が!?」とか「龍神様が……討ち取られた!?」とショックを受けているのが伝わってくる。

「どうも、此度の一件を話半分に聞いておった者がかなりいたようだな。遠い所で行われ、すでに終わった話と捉え、もうどうでもいいと考えていた者もいるのだろう。戯《たわ》けが！　軽く済んだことならば、魔王殿があああも大々的に世に知らしめるわけがなかろう！　本当に世界が滅ぼされる一歩手前だったのだぞ！」

龍稀様の言葉に、大多数の顔色が一気に悪くなった。真剣に受け止めていたと思われる一部の人達は、神妙に頷いている。

「そして、お前達の大切な者の仇を討ってくれたのも彼らだ！　そんな恩ある相手を貶めることが、石を投げることが正義だというのか？　そう思う者がいるのであれば、今ここで手を上げよ！」

手を上げる者はいなかった。悲しみに暮れるのに精一杯で、仇を討ってもらったとまでは頭が回らなかったのかもしれない。しかし、だからといって過ちが許されるわけがない。

「ここまで言えば、皆にも理解もできよう、なぜ二〇年もの長きの間、罪人どもを虚空の壺に封じる必要があるのかを。こやつらの犯した罪に対する裁きとして、ただ処刑するだけでは軽すぎる。罪を贖《あがな》うには相応の苦しみを経なければならぬ」

一転して龍稀様の声は穏やかなものになったが、それでもよく聞こえるほどに場は静かだった。

龍稀様の言う通り、これだけの罰が科せられた理由は、今や皆が理解しただろう。いや、龍稀様の放つ圧により強制的に理解させられる状態になった、と言ったほうが適切かもしれない。

「では、これより刑を執行する！　順に前へ連れてまいれ！」

龍稀様の言葉を受けて、一人目の罪人が縛り付けられている台座から下ろされる。身を揺すって抵抗しようとするが、まあ、無駄なあがきである。お役人様に力ずくで押さえつけられ、虚空の壺とやらに吸い込まれていった。ただの漬物壺にしか見えないが、どうやら頭を押し付けられると勝手に中に入るようになっているらしい。それから蓋をして、陰陽師が使いそうな呪符を張り付けたらお終いのようだ。

それが罪人の人数分繰り返されて、十四個の壺はお役人達によって城の中へと運ばれた。これから二〇年間、彼らはあの中で苦しみ続けるわけか。まっとうに生きていれば知らずに済んだ苦痛を受け続けながら……が、因果応報だからねえ。食うに困ってやった犯罪でもないのだから、同情心なんて欠片も湧かない。

「親分、これでここは片が付きやしたな」

「ああ、あとは他がどうなったか……まあ、しくじることはあるまい」

一連の流れを、自分達は龍城の屋根の上から見届けていた。あとは龍人の皆さんがやることだから、もう自分がしゃしゃり出る必要はない。

「では、戻るぞ」

「へい、親分」

そうして、各自の首尾を報告し合うべく、各義賊団がフォルカウスの街の例の場所に再び集結。その結果、しくじった義賊団はなかった。

どの国でも大体同じような罰だったが、一番重く罰せられたのは魔王領にいた悪党ども。事の次第を知った魔王様が本気で怒ったらしく、その怒気に当てられた悪党どもは全員気絶したそうだ。更には周囲の人達までが震え上がる始末だったという。

しかし、悪人を気絶したままにしておくことを許す魔王様ではなく、魔法で水をぶっかけて無理やり叩き起こすと……五〇年の迷宮空間への追放、その後死刑という裁定を下した。

迷宮空間とは、あらゆるデス・トラップが仕掛けられた、出口のない迷宮のこと。で、魔王様の魔力によってのみ出入りできるんだとか。

この迷宮内では死ぬことができない。罠にかかって死んでも、即座に健康な状態で蘇生される。ここまでは龍の国の虚空の壺と似ているが……こちらは常に罪人の後ろから壁が迫ってきて、押し潰そうとするらしい。その壁から逃れるためには移動せざるを得ず、いつしか罠にかかって死ぬ。そして蘇《よみがえ》り、また同じことが延々と繰り返される。

そんな場所に五〇年も閉じ込めるというのだから、魔王様の怒りたるや推して知るべしである。

まあ、それも当然の話である。何せ、地上連合軍を結成したのは魔王様だ。地上連合軍に対して石を投げたなら……その最高責任者である魔王様に対しても石を投げたのと同義である、と言っていいはずだ。

まあなんにせよ、この問題がすっかり片付いたことは間違いない。公式掲示板でも、この騒ぎを取り上げている板がいくつかあるな。後ほど確認してみるか……

「悪党は裁きを受けた。勇士達の名誉は回復した。これ以上ない成果と考えていいだろう」

義賊頭の一人の言葉に、皆が頷く。

目的は達成され、しかも我々の存在は表向きには一切報じられなかった。義賊としてふさわしい仕事ができたのではないだろうか。

「では、解散としよう。もしまた今回のような一義賊団では対処できぬ問題が起きたときは、再びここに集まろうではないか。そんなことがないように祈りたいものだが」

また別の義賊頭の言葉に皆が同意して、解散となった。

ほんと、こんなことは二度とないほうがいいに決まってる。やっと有翼人との戦いが終わったというのに、そこへすかさず今回の一件だもんな。動いた時間は短かったが、疲労度は結構大きかったな……とりあえず今日はログアウトして寝よう……

20

翌日。仕事のお昼休みを利用して、掲示板を確認してみた。すると、どこも「罪人のやったことが許せねえ」とか「リアルでもこういうバカやる奴いるよね」みたいなやり取りが主で、少なくとも掲示板上には罪人側に同調する人は確認できなかった。裏でどう思ってるかまでは分からないが、模倣犯は出ないでくれよと願う。

そして仕事も終わり、家で翌日の準備を終わらせてから「ワンモア」にログイン。あれだけの大捕り物があった直後なので、今日はあれこれ動く気にもならず……アクアに運んでもらって、ファストの街の近辺の、初期モンスターしかいないエリアに足を踏み入れた。

アクアには小さくなってもらい、自分は座禅を組んで目を閉じる。今日は、スキルの〈魔剣の残滓・明鏡止水の境地〉について、確認してみたいことがあった。

（そもそも、明鏡止水というのは邪念のない澄んだ心の状態を指す言葉であって、驚異的な力を引き出す何かとかではないはずなんだ。しかしあのとき、自分は有翼人の中でも最強のロスト・ロスの体を障壁ごと切り裂くことができた。砂龍師匠の助けがあったにしても、スキルに目覚めたばかりでLv1しかなかったはずの状態でも、そんなことができたとなると……極めたらどうなるのか、見当もつかない）

思考をしながらも、呼吸を整え、心身を落ち着けていく。察知系のスキルも切って、ただただ静かに、穏やかに集中する。

そうしていると、濁った水とかすかな光が見える、あの世界に入る。

（深く、より深く集中し、澄み切った心というものを見つけよう。どう考えても、このスキルはただ戦えばレベルが上がる類いのものではない。だとすれば、こういう精神的な活動によって磨かれていくのかどうかを、今ここで確かめる）

ただひたすらに、見えている水が澄んでいくように集中する。ただ、今回は全体を澄ますのではなく、より深い所に光を届かせ、その奥を見ることを目指している。

ゆっくりと、ゆっくりと、意識が水の中を漂いながらも下に沈んでいく感覚を覚える。濁った水を澄ませながら、深く、より深く、自分は意識の奥底にもぐっていく。

（底が、まだまだ見えないな。光は健在だが、濁った水を澄ますのに大幅に時間がかかるようになってきた。今の自分ではここいらが限界ということか？　ならば、この場でゆっくりと濁った水を澄んだ水へと変えていこうか）

この濁りがある限り、明鏡止水の境地に達したなどとは口が裂けても言えない。より集中し、光を広げるように意識する。

遅々として水の浄化は進まず、それどころか光の力が弱まっていくばかり。それでも、焦ってはならない。焦ればこの光は一瞬で消えてしまう。どれだけ弱々しくなろうとも、集中を乱してはならない。

ただひたすら静かに構えていたからだろうか、光はゆっくりと輝きを取り戻した。かといって、周囲の水の濁りが薄れる様子はない。

でも、Lv1――つまりは駆け出しが、そうホイホイ物事を進めることができるだろうか。そう、最初は悪戦苦闘するのが当たり前である。

だから、焦らず、急がず、ただひたすら愚直にこの精神世界で自分自身を律し続けることが、今の自分には大事なのだ。

（砂龍師匠が命を懸けてまで最後に自分に託してくれたこの力……磨いて磨いて、玉になるまで磨き抜かねば。時間はかかってもいい、確実に前に進もう）

この日、ログアウト寸前までただひたすらに明鏡止水の世界にいた自分が得たものは、〈魔剣の残滓・明鏡止水の境地〉のスキルLvが1から3まで上がったという事実だった。このことから、やはりこのスキルは精神を鍛えてこそ育つものなのだと確信を得る。

そうなれば当然、毎日毎日、やることは初期フィールドの端っこでの瞑想《めいそう》である。アクアにとっては退屈すぎるので、好きな所で運動してきていいよと言ってある。

ログインからログアウトまでずっと瞑想を続けても、上がるレベルは1か2ぐらいであるが……1レベル上がるだけで、濁った水を澄ませるのにかかる時間は確実に早まるのだ。目に見えて分かりる成果があるので、継続することは苦でもなんでもなかった。

そんな日々を送り……ついに〈魔剣の残滓・明鏡止水の境地〉のスキルレベルが10に到達する。そして身につけたアーツは《明鏡止水《めいきょうしすい》の心《こころ》　明《めい》》というものだった。それは、「明鏡止水のひと振りを繰り出すまでにかかる時間が短縮される」という説明が一文あるだけのパッシブアーツ。「明鏡止水のひと振り」とは、もしかしなくても、ロスト・ロスに対して振るったあの最後の一撃のことだろう。シンプルながら有用なアーツだ。

多分この後覚えるアーツも、「明鏡止水」から一文字取ったもので揃いそうだな。で、それらが全て揃うと本領が発揮できる、みたいな流れなのかも。

（ならとことん瞑想の日々だな。急ぎの用事もないし——）

と、ここでウィスパーチャットが入った。相手は……カザミネか。ウィスパーチャットを繋ぐ許可を出して、カザミネの声を待つ。

【アースさん、今、お時間大丈夫でしょうか？　狩りのお誘いかな？】

【ああ、問題はないよ。どうした？　狩りのお誘いかな？】

ここ数日はずーっと精神世界にもぐってばっかりだったからな、久々に体を動かしてみるのもいいだろう。

が、カザミネの話はこっちの予想とは別物だった。

【一つお願いがあるのです、アースさん。ぜひ一度、あの力を体験させていただけませんか？　あの戦いの最後に振るった一太刀を、どうしても己の体で受けてみたいのです。我儘《わがまま》であることは重々承知しておりますが、どうか聞き入れてはいただけないでしょうか】

——カザミネさんてば、ますますバトルジャンキーになっちゃったのかなあ……ま、いい。こっちとしても、パッシブアーツを一つ覚えてどうなったのかを確かめるにはいい機会だ。でもその前にちゃんと確認しておかないと。

【分かった。ただ、あのときと同じ一撃を振るえるかは約束できない。あれは色々なことが絡み合って成し得たことだから】

【ええ、分かっています。できる範囲で結構ですので……】

威力や鋭さが同じじゃなくても、許してくれよな。

じゃあ、ファストの露店で適当なスネークソードを用意しておこう……安物でいいか。【真同化】がそうだったみたいに、技を振るったら壊れてしまうという可能性もあるからな。


お値段六〇〇グローの安物スネークソードを買って、カザミネが来るのを待つ。数分後にカザミネと合流できたので、ファストの北側のフィールドへと移動。さっそくPvP《対人戦》を始めることとする。

「ルールはどうする？」

「ワンヒッターでいいんじゃないでしょうか？　あくまで私がアースさんのあの一撃を受けてみたいというだけですから」

ワンヒッターとは通称で、正式には『一撃決着』という名前。一発直撃を受けたら負けという、PvPの中でも超短期決戦の対戦方式である。ただし、弱い攻撃でちょんとつつくような当て方ではダメ。一定のダメージを与えられる、しっかりとした攻撃を通さなければならない。

「了解、じゃあそれで」

「ＰｖＰ申請を送りますね。あと、万が一がないように観戦は不許可にしておきます」

さっそくカザミネからＰｖＰ申請が飛んできたので、条件を確認して受諾。ＰｖＰ専用フィールドに送られて、カウントダウンが始まる。

自分はすぐにスネークソードを抜刀して、なんちゃって居合のモーションに入る。カザミネも大太刀を抜いて防御態勢を取った。

カウントダウンが終わって開始の音が鳴り、それと同時に自分は目をつぶる。そしてここ数日毎日やってきた精神集中を行う。

今回は水の中のあまり深い所ではなく、そこそこ浅い所での集中だ。まだまだ深い所では水を澄ますことができないからな……それに深い所であればあるほど、水を澄ませるのに時間がかかる。それではせっかく期待して来てくれたカザミネを待ちぼうけさせてしまう。

スキルレベルの上昇とパッシブアーツ、そして毎日の訓練の甲斐あってか、水の澄んでいく速度はかなり速い。やがて目を見開くと、カザミネの眼光がより鋭くなっていくのが分かった。攻撃が来る気配を察したのだろう。

そして、全ての水が澄み渡り、あのときと同じように光り輝く。

（ここだ！）

あのときと同じように、弾き出されたような勢いで自分はカザミネに迫る。そのまま明鏡止水で感じ取ったモノに従い、カザミネの横を駆け抜けながらスネークソードを全力で振り抜いた。

少しの静寂の後、どさりと人が倒れた音がして、決着のアナウンスがあった。倒れたのはカザミネ。どうやら自分の一太刀を回避も防御もできなかったらしい。

ＰｖＰフィールドが解除され、自分とカザミネは外に出てくる。

「――来るタイミングは分かったのに……アースさんの動きも見逃さなかったのに……攻撃する瞬間もはっきりと分かったのに、防御が間に合わなかったなんて」

カザミネは小声でぶつぶつと独り言を呟いている。考えをまとめているのだろう。

さて、自分はというと……ロスト・ロスを斬ったときのような体への負担は生じていないし、スネークソードにもヒビが入ったりはしていない。動きもなかなかよかったのではないだろうか。

（あのときの反動は、やっぱり色々無茶を重ねたから起きたことか。単に明鏡止水を使うだけであれば、問題なさそうか。ただ、ＭＰがガッツリ減ったな。技を繰り出すために必要なコストは、全ＭＰの約四割か……出すまでに時間がかかるし、不発だったら目も当てられないな。今回はカザミネが待ってくれたから落ち着いて発動できたが、実戦で撃つとなるとかなり難易度が上がるな）

もっと早く集中し、もっと早く研ぎ澄まして発動できないと、使い物にならないだろう。まだまだ、修行を重ねないといけない……そうだ。

（とりあえず初歩は掴めたし、砂龍さんのお墓参りも兼ねて龍の国に行ってみるか。雨龍さんや白

羽さんと話せば、より集中できる修行の方法を学べるかも──）

と、そこまで考えたところでカザミネから声をかけられた。どうやら向こうも思考の渦《うず》の中から帰ってきたようだ。

「アースさん、すみませんが、あと一回お願いできませんか？　先程の一撃、私はアースさんが近寄ってくる姿をはっきりと捉えていました。攻撃してくる瞬間も見えていました。なのに、私の防御は間に合わなかった。次こそは見極めてみたい」

まあ、いいか。時間はまだまだ余裕があるし、カザミネが望むなら付き合おう。

「了解、じゃあまた同じルールと条件でいいかな？」

「お願いします。申請、受けますね」

今度は自分からＰｖＰ要請を送り、カザミネが受諾。カウントダウン終了からの行動も全く同じ。先程と違うところは、自分は少しだけ深い場所で集中しようとしているところか。さっきより僅かに時間がかかるが、誤差の範疇に収まるレベルだから、多分問題ないだろう。

再び明鏡止水の世界が澄んだ水で満たされ、目を見開く。

カザミネの緊張した姿が見える……ダメだよカザミネ、緊張は体を固くするだけだって知っているだろうに……

そして、水が輝いたその瞬間に自分は再び走り出し──そして今回もまた、カザミネを斬り伏せた。

「先程よりもアースさんの剣を振るうタイミングがより早まったんですが……そして鋭かったんですが……何より、なんであそこまで緊張したんですか私は……」

PvP終了後、カザミネは「orz」というアスキーアートと完全に一致する体勢で落ち込んでしまっている。悪いことしちゃったかなぁ……でも、技を受けてみたいと言ってきたのはカザミネのほうだし、まあ致し方なし。そういうことにしておこう。

「上には上がいる、という言葉をこれほど強く痛感した日はありません……アースさん、その技はいったいどうやれば習得できるのでしょうか⁉」

うおっと、急に来たなぁ。しかし、なぁ。習得方法と言われても……無理じゃないのか、これ？

「うーん、龍の国の師匠の最後の教えだから、どうやればいいのか……師匠との付き合いは相当長かったし、何度も通って稽古をつけてもらった積み重ねがあった上でのものだからなぁ。一朝一夕で習得できるやつじゃないよ、これは」

雨龍師匠、砂龍師匠との付き合いは本当に長かったからなぁ。ゴロウと一緒に挑んだ『双龍の試練』から始まって、事あるごとにちょくちょく鍛えてもらって……最後には砂龍師匠の命を貰った修行を経て習得できたわけで。もう一回最初からやってみろと言われたら、即座に無理だと即答するレベルだよ。

「最後の教え、ですか」

「ああ。この技、明鏡止水の境地っていうんだけど、伝授してもらった後に師匠は永い眠りについた。だから、まさに秘奥義と言ってもいいスキルの一つなんだと思う」

この技は、極めればどこまで行くのかが分からないな……

そんなことを思いながらスキルを再確認したところ、今更ながら気が付いたことがある。

スキルレベルが10を超えたのに、本来ボーナスをもらえるはずのＥｘＰが増えていない。もしかするとこのスキルは、レベルを一定値より上げるのに必要なＥｘＰを自動で徴収されてしまうのかも。もちろん、単純にレベルが上がってもＥｘＰをもらえないだけ、という線もあるけど。

「明鏡止水の境地……ですか。こう、心惹《こころひ》かれるものがありますね。カナさんやオサカゲさんからも、この技を体験してみたいと声がかかりそうです」

そんなことを言ってきたカザミネに対し、自分は少々無言になってしまっていた。なぜなら……

「アースさん、どうしました？　何かお気に障りましたか？」

「あ、いや、カザミネのせいじゃないんだ。実は今、カナさんからウィスパーが飛んできてね……とりあえず受けていいかな？」

「あ、はい。構いませんよ」

カザミネに断りを入れてから、カナさんのウィスパーに許可を出して通話を開始する。

【アースさん、今ちょっとよろしいでしょうか？】

【カザミネと行動しているんで、あまり長い話は厳しいけど……】

【そうですか、今お二人はどこに？】

【ファストの街から北に出てすぐのフィールドにいますが】

【では、そちらに向かわせていただきますね、いったん失礼します】

とのことで、ウィスパーが切れる。なんか、もうね、先が見えるというか。うん。

「カナさんは何と？」

「こっち来るって。多分カザミネと同じ用事だと思うよ……」

「ああ、多分そうでしょうね。ウキウキ気分で向かってきていると思いますよ、多分」

そして待つ事しばし、カナさんがやってきた。彼女一人だけではなく、ロナもいるな。他には……いないか。

「お待たせしました。ロナさんも来たいとのことで同行しております」

「やっほー、アース君。普通に動けるようになったんだね、よかったよ。寝込んでいる姿を見たときは、回復に時間がかかりそうだなと思ってたんだけど」

魔王城にいたときにお見舞いに来てくれたんだよな。まあ、当時はそう感じたのも無理もない。

「アースさん、私が来た理由ですが……」

「私と同じでしょう？　アースさんのあの一撃を受けてみたい。対処できるか試したい。そんな思いが顔に出ていますよ」

なんてことをカザミネが言う。まあ、自分も同意見なんだけど。

バトルジャンキーなキャラがよくするような、猛禽類《もうきんるい》を思わせる笑みを浮かべてるんだよね、今のカナさん。なまじ顔が整っているから、そういう笑い方をすると本気で怖い。

やれやれ、これはやりたくないと言っても逃がしてもらえそうにないなぁ。

知らない仲じゃないし、カナさんともＰｖＰをすることにした。設定をいじって、カザミネとロナにのみ観戦許可を出してある。

「見ると受けるとでは全く異なるもの……私に防げるか否《いな》か。あの一太刀を、私の目と体で見極めさせていただきます」

やれやれ、カナさんの気合の入りようは半端じゃないな。だが、緊張は表面上見受けられない。

さて、そんなカナさんにこの一太刀が通じるかな？　とりあえずやってみるか……

目を閉じ、集中し、明鏡止水の世界を満たす水を澄ましていく。そしてそれが輝いたならば迷わず剣を抜くのみ。

そうして、カナさんの右横を駆け抜けながらスネークソードを振り抜く——手ごたえは、ある。

「——そん、な」

カナさんのか細い声と共に、人が地面に倒れ込んだ音が耳に届く。そして自分にＰｖＰの勝利宣言が届く。

自分の一太刀は、カナさんの盾も潜り抜けたようだ。だが、自分ではどういう風に剣を振っているのかが分からないんだよな……そんなことに意識をやると、集中が途切れてしまうから。

「カナさんでも、防げませんでしたか。やはり太刀筋が見えるようで見えません、摩訶不思議《まかふしぎ》な攻撃です」

「えっと、剣を振っているってのは分かるんだけど……逆にそれ以外が一切分からないね。どう防げばいいんだろ？」

ＰｖＰエリアから通常のフィールドに戻ってきたら、カザミネとロナの口からそんな言葉が出てきた。第三者視点で見ていた二人からもそう言われるのか……やはり、色々と異質な一太刀なのだろう。

「盾を構えて、防ごうとしたはずなのですが……気が付けば盾と鎧の間に刃があり、そのまま斬られてしまいました……」

ふむ、カナさん視点からはそう見えたのか。

やはりあの砂龍師匠が最後に残した技だけあって、普通じゃないな。本来なら自分程度には伝授されないか、あるいは何十年もの修行の末にやっと身に付けられるものなんだろうな。だがあのときは砂龍師匠の魂が【真同化】に宿り、自分と一体化していると言ってもいいぐらいの状況だったからこそ、こうして習得することができたんだろう。

「すみませんアースさん、使っているスネークソードを見せていただいても？」

カザミネの言葉に頷いて、鞘に収めた自分の剣を手渡す。受け取ってからすぐ、カザミネの表情が驚愕に染まった。

「そ、そんな。こんな安物であの太刀筋が……!?」

カザミネのそんな反応が気になったのか、ロナとカナさんもスネークソードの能力を確認する。

「これ、流通している中で一番の安物じゃない？」

「こんな武器で、私の防御を抜いたというのですか……恐るべき技です」

二人も驚きを隠せなかったようだ。自分としては、壊れても構わないものってだけで選んだ安物だからなぁ。

まあ今回のＰｖＰで、数回〈魔剣の残滓・明鏡止水の境地〉を通して剣を振るっても、それで壊れてしまうようなことはないと分かった。クラネス師匠の所に行ったときに、ちゃんとしたスネークソードを手に入れることにしよう。

「——やはりぜひ習得したいですね。発動に集中が必要という条件こそあれど、あのような驚異的な一撃を可能とするのは非常に大きいです。強敵に対する最終手段として非常に有用でしょう」

カザミネの言葉に自分も頷く。弱点の分からない相手が立ちふさがったとしても、この一太刀なら斬れるという気分にさせてくれるだけの頼もしさは確かにある。

しかし、実戦ではあんなに集中する時間をとれるかどうか……ソロ活動が非常に多い自分にとって、この点が最大のネックだ。

「カザミネ、龍の国に行けば何かしらのとっかかりがあるんじゃないか？　自分の師匠は龍の国出身だし、全く同じ技は習得できなくても、近い技ならもしかしたらって可能性はあると思うんだが」

自分の提案に反応したのはカザミネだけではなかった。

「うん、久々に行ってみようかな。今はこれといった目標がなくて燻《くすぶ》りがちだったたし」

「そうですね、父にひと泡吹かせる切っ掛けが掴めるかも」

と、ロナとカナさん。むしろ女性陣のほうが乗り気になってしまった。そうなると当然、カザミネも二人に引っ張られる形になるわけで。更には言い出しっぺの自分も同行しないわけにはいかず、そのまま四人での龍の国行きが決まった。

（まあ、自分も足を運ぼうかなって考えてたところだったからな。これはこれでちょうどよかっただろ）

そんなわけでさっそく出発。

道中これといったトラブルなどもなく、龍の国の入り口である一《いち》が武《たけ》にすんなりと到着。そのまま雨龍さんの住む祠《ほこら》がある三が武を目指す。

時々ゴブリンやオークが絡んでくるが……今更この程度のモンスター相手にどうなったかなんて言うまでもないだろう。絡んでさえこなきゃ、あえて戦わないんだけどねぇ。

そんなちょっかいを受けつつも、二《に》が武《たけ》を越えて三が武に到着。

長老の家は確かこっちだったな……いつもあんまり家にいないから、会いたいときに困るんだよねえ。

「すみませーん、長老殿、いらっしゃいますか？」

「そのお声は……おお、久しいのう。如何なされた？　まあ上がってくだされ」

幸い今日はご在宅だったので、四人揃って家に上げてもらう。それから、長老に裏の祠がどうなっているかを聞いてみた。砂龍師匠の生前は迷わず直行してたけど、今はどうなっているか分からんからね。

「『双龍の試練』は当分休みじゃよ。今は雨龍様がご自分で連れてきた白羽殿を相方にすべく、色々と仕込んでおられるようじゃ。雨龍様にお会いしたいのかの？」

ふうむ、雨龍師匠は忙しそうだな……でもとりあえず、今回の用件の話だけでもしておきたいな。自分としても、今はこういう感じになりましたと報告したいし。

「ええ、雨龍師匠の都合がよさそうなときを教えていただければ、そちらに合わせて――」

と、自分が尋ねようとしたら……

「その必要はないぞ。こうして弟子が訪れてきたのを無下《むげ》にするほど、わらわは器量なしではないからのう」

村長の家の外から雨龍師匠の声が飛んできた。そして、そのまま家の中に入ってきた。

「雨龍師匠、ご無沙汰《ぶさた》しております」

「もう師匠と呼ばんでよいと申したはずじゃがのう、まあ、お主がそう呼びたいなら好きにせよ。して、此度の訪問理由は……後ろの三名に関係しておるのかの？」

「ええ、それと修行の成果を見ていただきたく」

「ふむ、ならばさっそく場を移すかのう」

雨龍師匠がそう言うが早いか、自分達四人は懐かしい祠の中に移動していた。ゴロウと共に試練を受けたあの日の思い出が蘇えるなぁ。

「え、ここはいったい？」

「長老さんの家から一瞬で……ここどこ？」

「相撲《すもう》の土俵で見るような徳俵《とくだわら》が四方にありますね……しかしその外は、どちらを向いても闇が広がるばかりとは」

他方、カザミネ、ロナ、カナさんは状況が呑み込めていないようできょろきょろしている……と、そこに一人の女性が現れた。

「やっほー、アース君。そこの人達、心配しないでいいよ、ここはちょっとした訓練場ってだけだから」

その女性とは白羽さん。見ると、顔や手に結構な数の擦り傷がある。まあ十中八九、雨龍さんとの修行でついたものだろうけど。

「貴方はアースさんと同行していた……お久しぶりです」

「あ、覚えててくれたんだ。ありがとね」

カザミネはすぐに思い出したようで、白羽さんに頭を下げていた。白羽さんもそんなカザミネに気をよくしたようだ。

「その顔の傷は如何なさったのでしょうか？」

「うん、これ？　単純に修行で負っただけだよ。この程度の傷なんて数日で綺麗に痕《あと》も残らず治るから、気にしないでいいよ」

カナさんの問いかけに白羽さんが答えた。

まあ、予想通りかな。白羽さんはドラゴンだし、自己治癒力は半端じゃないだろう。それでも同じ女性として、カナさんとしては放っておけなかったんだろう。雰囲気からしてロナも同じだったようだ。

「まあ、魔法ですぐ治すこともできるんだけどさ。そうすると、傷を受けたときに感じた悔しさも同時になくなっちゃうような気がして……あえて自然に消えるまでは残してるってことで、納得してね？」

そういう考えがあったのか。それじゃあすぐ消したほうがいいとは言えなくなっちゃうな。でも、生き生きとしていることは本人の雰囲気から感じ取れるし、問題はないな。もののふなら、顔の傷も勲章か。

「さて、私の話はこれくらいにして……君達はどうしてここに来たのかな？　世間話がしたいだけなら、雨龍がここに君達を送ってくるはずもないし。さっきも言った通り、ここは訓練場――修行をする場だからね」

そう白羽さんが問いかけてきたタイミングで、雨龍さんもやってきた。

さてと、話を始めますか。

21

「――というわけで、私は砂龍師匠の最後の教えで身に付けた力の、更なる修行の場を求めて。仲間の三名は、私の力を見て同じく欲したがために、習得する方法を求めてここにやってきました」

　事の次第を告げると、雨龍師匠は両目を閉じ、しばし考えるような素振りを見せた。やがて目を見開くと……

「ふむ、まずアースじゃが……お前は今までの修行を続けるほかない。焦らずに一歩一歩、瞑想で集中力を磨き、精神をより鍛え上げるのじゃ。近道は一切ない。ただひたすら、愚鈍《ぐどん》と言われるほどに明鏡止水の世界にて集中し続けよ」

　と仰った。ならば、時間を見つけてはただひたすらにあの世界にもぐり続けるとしよう。

　近道を求めてやってきたわけじゃなく、より厳しい修行があるならばそれを試したいと考えて、ここに来たのだ。これで迷わず没頭できる。

「そしてそちらの三人じゃが……残念ながら、アースのものと同じ力は身に付けられぬ。修行で積み重ねてきたものが違う故な……しかし、別の力は引き出してやれる。まずそこの大太刀使い、カザミネと言ったか。そなたは、大太刀を横薙ぎに一閃して大勢をまとめて斬る力の下地が出来ておる。次に、盾と剣を持つ女子《おなご》、カナと言ったか。そなたは盾で突進し、相手の動きを封じた後に剣に貯めた力を解放して貫く技を発現できそうじゃな。最後に、格闘で戦う女子、ロナと言うたか？そなたは左右の手に闘気で生み出した幻影を纏い、無数の拳で相手を瞬間的に叩きのめせる力を眠らせておる」

おっと、カザミネ、カナさん、ロナの三人共に、潜在能力みたいなものを秘めてるのか。どれも破壊力抜群な技のように聞こえるが……問題は、それをどうやって使えるようになるか、だよな。

「だが、それらの技を使えるようにするにはいくつかの条件がある。まず、ここで知りえたことを他者に漏らしてはならぬ。次に、ここで修行を積まねばならぬ。いつまで続ければよいのかは答えられぬ……個人差が大きいもの故な。ましてやお主達は、我が弟子であるアースが時間をかけて積み重ねてきた修行を、一気に乗り越えねばならぬ。決して容易くはないぞ？」

口外するなという理由は、ここで力を身に付けられることが広く知られれば、雲霞《うんか》の如く人々が押し寄せてくるからだろうな。そうなったら雨龍師匠が一人ひとりの面倒を見られるはずがない。

ここでの修行については、まあこれといって何か言うまでもない。自分だって雨龍師匠と砂龍師匠に何度も時間をかけて鍛えてもらって、やっと行き着いた境地なんだからな。それを一気に駆け上がろうというのであれば、生半可《なまはんか》な修行では済まない。

「修行の間の食事はこちらで用意しよう。寝床も簡易的な物は作ろう。ただし、機会を与えるのは一度きりじゃ。途中でここから出ることを選択すれば、次はない。たとえ我が愛弟子であるアースが口を利いても受け入れぬ。そして肝心の修行の内容じゃが……一例を見せておこう。アース、軽く組手《くみて》をやろうかの。あそこでな」

そう言って雨龍さんが指さした先の暗闇の中から、高さがまちまちな細い棒が無数に出てくるのが見えた。ああ、砂龍師匠とよくやった、あの細い棒の上に立っての修行だ。

雨龍師匠がその棒の一つに飛び移り、自分もそれに続く。

「二人とも迷いなく、あんな細い棒の上に……」

「似たような修行はやったことがありますが、あそこまで細い足場で、しかも下が見えない場所となると……」

「あのお師匠さんは分かるけど、アース君も何の迷いもなく行ったよね。アース君はこんなことやってたのかぁ……足場が悪いときでも平然としてた理由はこれかぁ」

カザミネ、カナさん、ロナの声がそれぞれ聞こえてきた。少々どころではなく面食《めんく》らってる感じかな。でも、修行はここからが本番だ。

「まずは武器を使わぬ組手からじゃ。お主の力を見せてもらう。よいな?」

「分かりました。それでは、お願いします」

軽く会釈《えしゃく》をした後、自分は雨龍さんに蹴りを放つ。もちろん靴に付けてある装備は外した状態だからね？

その蹴りを雨龍さんは難なく避けるが、こっちだって初手から全力で行くような真似はしない。体勢を崩すことなく二発目、三発目と続けて放っていく。

「ほう、また少し良くなったな。あの戦いを終えて別れてからそう日にちは経っておらぬが、あれからまた修練に励《はげ》んだようじゃな」

雨龍師匠は「少し」と言ったが、本当に少しだったらこの人が褒めるはずはないんだよな。本当に良くなったということだ。やっぱり魔王城で快復した後に感じた体のキレの良さは、気のせいではなかったんだ。

「砂龍師匠の名を汚すような堕落《だらく》は、自分には許されませんから！」

蹴りを放ちながら、自分はそう返した。砂龍師匠の命を貰っちゃったんだからな。あの世の師匠に納得してもらえるだけの成果を出し続けなければ、自分自身も納得できない。

「忘れるでないぞ、その言葉。さあ、そろそろ体も温まってきた頃合いだろう。こちらからも反撃していくぞ、しっかりと付いてくるがよい」

言葉通り、ここからは雨龍師匠が手刀や正拳突きなどを繰り出してきた。威力こそ抑えているが、速さに関しての手加減は少なめだ。

だが、こちらだっていつまでもひよっこじゃない。それらを避け、受け流し、反撃に更なる反撃をかぶせたりして対抗する。

お互いに攻撃を振るってはいるが、直撃がないために、あまり戦いらしい音がしない。だから

——

「あの頼りない足場で、あそこまで見事な動きを……！」

「アースさんもそうですが、お師匠様のそれは殊更《ことさら》に美しいですね。流れるような動き、とはまさにこのこと」

「下手な格闘家なんかよりもはるかに身のこなしがいいよ、二人とも。アース君の蹴り技はこうして磨かれてたってことか……なんか、熱くなってきたよ」

この戦いを見ている三人の声もよく聞き取れる。自分のことに集中していないわけじゃない、もしそうならあっという間に雨龍師匠にぼこぼこにされてるからな……ただ、こうして集中している状況でも周囲に気を回せるだけの余裕が持てているってことだろう。

そして、それを見抜けない雨龍師匠ではない。

「ほう、まだまだ余裕があるか。初めてここにやってきたときから比べて、本当に心身共に強うなったものじゃ。師匠としてとても嬉しいぞ。が、まだまだ弟子に越えられるわけにもいかぬ故な。もう少し強めにいくぞ」

そう宣言するや、速度も威力も「もう少し」では済まないレベルで上げてきた雨龍師匠。

っ、流石にこうなると余裕が削られるな……でも、まだ直撃を貰うほどじゃない。フェイントも多数混じってくるが、あえて乗った振りをして向こうのカウンターを誘い、そこを逆にこっちがカウンターで狙う攻撃も混ぜていく。

そんな攻防がしばらく続いても、お互いにまだクリーンヒットは一回もない。

(余裕はあまりないが、それでもちゃんと動きが見えている。雨龍師匠だけじゃなく、自分の動きも、ちゃんと把握できている。この感覚をしっかりと掴み続けられることが大事なんだ)

こうも攻撃が当たらないと、焦るものだと思う人もいるだろう。しかし今の自分の中にあったのは、楽しさと喜びだった。

師匠がここまでの力を出しているのに、それに対応して戦える自分がいることを、自分は心から楽しいと思えていた。それから、今までの修行はこうして自分の心身に大きな実りをもたらしてくれた、という喜び。

そんな自分の心境を感じ取ったのだろうか？　雨龍師匠が戦いながらも微笑《ほほえ》んだ。

「弟子がこれほどまでに輝くことは、こうも喜ばしいものなのじゃな。師匠冥利《みょうり》に尽きるというものよ——」

それから更に打ち合うこと数分ほど。自分が今繰り出せる最高の蹴りを放ち、雨龍師匠がそれを正面から受け止めて動きが止まったところで、双方が引いた。

戦いを終えた印として自分は雨龍師匠に軽く会釈をし、それからふとカザミネ達のほうに目をやると、三人は少々放心しているような様子でこちらを見ていた。

そんな彼らの所に自分と雨龍さんが戻ると、「アースさんの強さの秘密が分かりましたよ」とか「このような修行をしていれば、普段の歩き方も変わって当然ですね」とか「格闘技オンリーでもやっていけるんじゃないの？」などと口々に言われる。

更には白羽さんにまで――

「うーん、もし私とアース君が同じ種族だったら、私のほうがちょっぴり弱かったかもしれないね。私が散々苦労している修行の一つを、こうも涼しい顔でやっちゃうんだもの」

と言われてしまった。

まあこれは以前の砂龍師匠との修行で身に付けることができていたってだけで、白羽さんならいずれすいすいとできるようになると思う。戦闘センスは間違いなく彼女のほうが上だからね。

「今見てもらったように……ここではあのような修行をすることになる。お主ら三人は、体はかなり練り上げてきているが、心のほうは甘すぎる。あのような足場であっても焦らずに、我が弟子のような戦いができるように心の修練を積まねば、先に知らせた技を目覚めさせてやることはできぬ」

そして雨龍さんからカザミネ達には、こんな厳しい言葉が告げられた。それを受けて、三人共うーんと唸り声を上げながら悩んでいるようだ。唸ったのは多分無意識だろうな。

まあ、受けるも自由、受けないも自由だ。自分はここに連れてくることまでしかできない。切っ掛けはあげるけど、そこから先どう進むのかは本人次第。世の中ってのはそんなもんだ。更に言ってしまうと、そういう切っ掛けすら与えられないことのほうが圧倒的に多いんだけど、ね。

22

決断が一番早かったのはロナだった。というより、即決だった。

「ボクはやるよ。先の戦いで、ボクは全く活躍できてなかったからね。あんな奴がまたいつどこで現れるか分かんない以上、強くなれるチャンスがあるなら逃したくない。だからお願いします、鍛えてください！」

そう言ってロナは雨龍師匠に深く頭を下げた。それに対し、雨龍師匠が笑みを浮かべて満足そうに頷く。

「うむ、やる気があるというのは実によいことじゃ。修行は厳しいが、絶対に後悔も落胆もさせせぬ

いた。

と、約束しよう」

雨龍師匠の言葉に、ロナもすかさず「これからよろしくお願いします、師匠！」と返事をしていた。

「さて、そちらの二人はどうするかの？　断るも受けるも自由じゃが、先程言うた通り、機会を与えるのは今回のみじゃ。二度目はないということだけはゆめ忘れぬようにな。あと五分で決めよ」

悩むカザミネとカナさん。みっちり四分は悩んだだろうか？　それだけ考え抜いた上で、二人も修行を受けると決めた。

「では三人とも受ける、ということでよいな？　安心せい、いきなり先程やって見せたような修行から始めたりはせん。最終的にはやるようにはなるがな。それとアース、少しよいかの？」

なんだろ？　伝え忘れた何かがあったかな？　とりあえず「はい、なんでしょうか？」と聞いてみると――

「白羽と手合わせをしてやってくれ。むろん、先程の場所でな。互いに武器は禁じ、体術のみとする。どうじゃ？」

ふむ、師匠にやれって言われて断る理由はないな。

自分は再び、無数の細い柱が並び立つ場所へと跳躍し、適当な一本の上に降り立つ。すぐに白羽さんもやってきた。お互いに一礼をした後、構えを取る。

「白羽、我が愛弟子と手合わせして、どこまでやれるかを見せてもらうぞ。先に言っておくが、一時的にお前の力をアースと同程度まで制限させてもらった。ごり押しで勝つようでは、お前は今より先へは進めん」

「分かってるって。もしやってなかったら、こっちからそうしてって頼むところだったわ」

ふむ、空の世界にいたときとはまた違う気迫と凄みというやつを、目の前の白羽さんから感じるな。雨龍師匠からかなり厳しく鍛えられたんだろう。そして力を五分五分にされているのなら——純粋に自分の武をより磨いているほうが勝つ、な。

「では、始めましょうか。よろしくお願いします」

「よろしくね……手加減はしないわ！」

軽く言葉を交わした直後、白羽さんが一気に距離を詰め、左手でパンチを繰り出してきた。

まっすぐ最短距離で自分の顔を捉えようとしてきたその一撃を、自分は体を少しよじって回避。それに対し、今度は右手でのパンチが自分の胴体を狙ってきた。その右腕を、外側から軽くつかんで受け流す。

「と、っと、っととと。あっさり対処されちゃったわね」

「簡単に食らってしまったら、後で雨龍師匠に怒られます。それはすごく怖いので」

「あ、それ分かる」

「二人とも、それはどういう意味かの？」

軽口を叩き合ってたら、雨龍師匠から怒気が飛んできたので、口を閉じて構え直す。

今度は自分から攻めてみようということで、距離を詰めて左足でローキックを放つ。僅かに掠《かす》ったような気がしたが、難なく回避される。続けてミドルキックを放とうとして、途中で止めた。

白羽さんが蹴り足を掴む気満々なのに気が付けたからな。

「あら、止められちゃった」

「流石に掴まれたらマズいですからね」

今度は右足でローキックを放つが、白羽さんもそれにローキックを合わせてきた。お互いの蹴り足がぶつかって……自分が押し勝った。これによってバランスを僅かながら崩した白羽さんに向けて、自分は左足のミドルキックを、今度は止めずに振り抜いた。

白羽さんのガードは僅かに間に合わず、体が横に飛ぶ。だが、手ごたえがあんまりない。今の飛び具合からして、ワザと自分から飛んだな？　あれでは威力がほとんど逃がされてしまっている。

「ファーストアタックは取られちゃったかな」

「でも全然効いていないでしょう？」

「あ、やっぱりバレた？　流石は雨龍さんの愛弟子、こういうことにすぐ気が付くのね」

そんな会話を挟み、今度は双方から距離を詰める形で、本格的に組手が始まった。

白羽さんは手による攻撃が七、足による攻撃が三の割合で仕掛けてくる。自分の攻撃は全て足なので、手は向こうの攻撃を流したり、弾いたり、受け止めたりすることに使われる。

お互いかなりの手数で攻撃し合っているのだが、クリーンヒットは一回もない。どちらも危ないシーンはちょくちょくあるのだが、それでも結局は対処に成功していた。

でも自分に焦りはないし、白羽さんからも焦っている様子は窺えない。お互いの上段回し蹴りが激突し、どちらも距離を取って構え直す。

「そろそろ、準備運動は終わりでいいわよね？」

「了解」

自分の返事に反応して、白羽さんのギアが上がった。明らかに動きが速くなった……が、まだ余裕を持てる範囲内だ。

白羽さんの手数の多さを考えて、こちらは受け流しや回避を重視し、合間合間にローやミドルキックで反撃を狙う。こちらの反撃も防がれちゃってるんだけど……おっと危ないっ。

「そこまで！」

そんな組手をしばらく続けていると、雨龍師匠の声がかかって止められた。すぐに自分も白羽さんも構えを解き、距離を取って一礼する。

と、その直後に白羽さんがうな垂れた。どうしたんだろう？

「あーもー、あれだけ攻撃して一回も当たらないってどういうこと⁉　後半はかなり本気でやってたのに、ことごとく受けられちゃった……」

まあ、その、雨龍師匠と砂龍師匠からさんざん修行を受けた上、今まであちこち回って鍛えてきた自分にとっては、対処可能な範疇から出なかったからねえ。アーツなしなら手による受け流しも機能するから、それも大きかったかな。アーツによる攻撃を受ける度胸は流石にないから、回避一択になる。

「まだまだじゃな、全体的に良くなってきてはおるが、一つひとつがまだアースレベルには届かん。身体能力を同等にして戦ってみれば、我が愛弟子はなかなか強かっただろう？」

雨龍師匠、持ち上げてくれるのは嬉しいが、気恥ずかしいです。自分もまだまだ道半《みちなか》ばだってのは分かっているからね。本当、強さってのは厄介だよ。天井がないんだから。そこがいいってのもあるんだけどさ……

「師匠、他には何かありますか？」

そんな気恥ずかしさをごまかすべく、これを聞いておくことにしよう……カザミネ達からの視線がまた痛い。組手中は一切気にならなかったんだけど……

「ああ、お主が鍛錬をさぼっていないことはよく分かった。ならばお主は今のまま外に出て、鍛錬を積み続ければよい。それで一角《ひとかど》の武人となれると見ておる」

一角の武人ねえ。流石にそれはないと思うけど、いちいち水を差すこともないか。まあ、やれることはやっていくということでいいだろう。

んじゃ、自分はそろそろ失礼するかね……

「次やるときは当ててみせるから、覚悟しててね？」

「勝ち逃げはダメですか？」

白羽さんに苦笑いで返答すると、ダメ、と断言された。じゃあ、次来たときにはまた一歩強くなっておかないとな。

さて、カザミネ達とも挨拶しておこう。

「じゃ、修行は大変だろうが頑張ってくれよ」

「ええ、やると決めた以上はしっかり取り組みますよ」

「せっかく切っ掛けを頂いたのですから、その恩に恥じない結果を出します」

「ありがとね、これでボクは自分に自信を取り戻せるよ！」

順にカザミネ、カナさん、ロナ。

みんなとの挨拶も済んだので、雨龍さんに祠の外へ出してもらった。

「あの者達はしっかりと鍛えておく。アース、お主も励めよ」

「ありがとうございます、では、失礼いたします」

さて、次に行くべきはお墓参りかな？　もう霜点さんも皐月さんも天に召《め》されたことは知っているが……もう一体、今回の結果を報告しなきゃいけない相手がいるからな。

23

三が武を後にした自分は、アクアに乗って五が武に入った。

街中ではちび状態になってもらったアクアを頭に乗せ、花と香《こう》を買ってから、霜点さんと皐月さんが眠っているお墓に向かう。

そしてもうすぐ着くというときになって、お墓の辺りが妙に騒がしいことに気が付いた。なんだ？　ずいぶんと大勢の龍人達が集まっている。話を聞いてみようか。

「もし、すみません。いったいこの集まりは何なのでしょうか？」

声をかけた自分に複数の龍人が振り向き、全員が同じ方向を視線で示す。その先を見てみると……

ん？　あれ？　霜点さんと皐月さんのお墓が、ぼんやりと光っているように見えるな。そしてそのお墓の前には、今回の自分のお目当ての存在――この辺りに出没するフィールドボスとして知られるフェイクミラー・ビーストが、スフィンクスのような格好で鎮座《ちんざ》していた。

「どうもあちらさんに戦う意志はないようなんだがなぁ。ああも目立って居座られちゃ流石に気になってなぁ」

「お墓参りに来たのはいいけれど、この状況ではそんな気持ちになれなくてな」

「それでどうしようかと皆で悩んでいたところでな。さて、どうしたものか。墓前で争い事は避けたいのだが」

――うん、多分あいつは、自分を待っているんだろう。だから、前に出ることにしよう。

「お、おい⁉」

「大丈夫です、心配しているようなことにはなりませんよ」

「そりゃいったい……」

まずは墓に花を供え、香を焚き、静かに手を合わせながら目を閉じる。自分はかつてここで敵討ちをすると宣言し、そして今後ろにいるフェイクミラー・ビーストと戦い、その最中に皐月さんの魂が【真同化】の中で目覚め、手を貸してくれたのだ。あの一件が、まるで遠い昔の出来事のように感じられる。

「霜点さん、皐月さん。そして……ビースト。時間はかかってしまいましたが、敵討ちは成りました。これでもう、あなた方のように理不尽すぎる悲劇に襲われる人はもう出てこない。ですから、これからは安らかに眠ってください」

そう口にすると、ビーストが思念を飛ばしてきた。

（そうか、敵討ちを成し遂げてくれたのだな。これで、ここに眠る二人の体も憎しみから解放され、安らかに眠ることができるだろう。感謝するぞ、人族よ）

フェイクミラー・ビーストの目はただただ穏やかだった。まるで、全ての悩みや苦しみから解放されたかのような……

やがてフェイクミラー・ビーストは静かに目を閉じて、自分にこう伝えてきた。

（呪いによって無理やり存在することを許されていた我が身も、やっと永き眠りにつく時がやってきたようだ。だが、この肉体は自決ができぬ。故に、頼む。お前に介錯《かいしゃく》してもらえないだろうか？）

――色々と聞きたいことはある。でも、自分はあえて聞かずにおくことにしようと決めた。もしかしたら、フェイクミラー・ビーストもまた、有翼人に運命を無理やり狂わされた存在なのかもしれない。そして、そいつらが死んだと知った今、心置きなく眠りたいと願っている――そんな風に想像する。

「分かった、介錯役を承《うけたまわ》る。その前に言い残すことはあるだろうか？」

明鏡止水で繰り出すあの一太刀なら多分、フェイクミラー・ビーストを介錯することもできるはず。集中が完了するまで邪魔が入らないという前提も、今回に限っては満たせるし、彼の願いを叶えてあげよう。

（これを、五が武の奉行所に届けてほしい。それで、向こうも事情を察することだろう）

自分の前まで来たフェイクミラー・ビーストが落としたのは、古ぼけた巻物。乱雑に触れれば、あっという間に散り散りに破れてしまいそうなそれを、細心の注意を払ってそっとアイテムボックスの中に仕舞い込んだ……何が書かれているんだろうか？

（ああ、ああ――長かったなぁ。ただひたすらに長かったなぁ。あやつらより先に死んでたまるかという矜持《きょうじ》だけでこの体を保ち、龍人があやつらによって人生を狂わせられぬようにあえて戦いを挑んで鍛え、あやつらの手の内に落ちてしまった龍人がいればやむなく屠《ほふ》る……いつ終わるか分からなかったそんな日々が今、やっと終わってくれる）

なるほど、フェイクミラー・ビーストが時として龍人を襲って殺してたって話は、それが真相だったのか。この国に有翼人の魔の手が伸びぬようにし続けた、そんな孤独な日々がついに終わるとあって、彼の両目からはとめどなく涙が流れている。

ちょっと離れた所から様子を見ている龍人さん達からは、その光景に困惑している様子が窺える。

「了解した。他にはないか？　知らぬ仲ではないんだ、できる範囲で叶えるが」

そう声をかけると、再び思念が飛んでくる。

（ここで眠りたい。この兄妹とは縁があってな……彼らの傍がいいのだ。二人の許可は取ってある、呪いや災いがお前にかかることもない。さあ、やってくれ。暗闇に閉ざされ続けた日々に、終止符を打ってくれ。敵討ちを成した、お前の手で）

そうして、フェイクミラー・ビーストは霜点さんと皐月さんのお墓の横に座り込み、自分が首を斬りやすいように体勢を整えた。

「分かった……ゆっくり休んでくれ。長きにわたる戦い、お疲れ様。苦しませることのないよう、最高の太刀を振るうために集中する時間が欲しい」

（構わぬ、私はもうここから動かぬ。やってくれ）

腰のスネークソードを抜き、頭に乗っていたアクアに降りてもらってから、精神を集中する。明鏡止水の世界を経て繰り出す最高の一太刀。敵討ちを成したあの技で、フェイクミラー・ビーストに穏やかな眠りをもたらしてあげよう。目を閉じ、構えを取って、あの世界に入り込む。

そのまま集中し、世界を満たす水を輝かせてから目を見開き――自分はスネークソードを迷いなく振り抜いた。

その一撃は抵抗なくフェイクミラー・ビーストの首に入り、するりと切り落とした。しかし、その断面からは一切血が流れず、黒い靄《もや》が零れ落ちるのみ。

その黒い靄が徐々に白く輝く靄に変わり、天に昇っていく。その靄が全て晴れた後、後に残ったのは一匹の小さな犬の死体であった。この犬が、あの巨大なフェイクミラー・ビーストの正体だったのだろうか？　首を落としたはずなのだが、こっちはちゃんと頭と胴がくっ付いていた。

（このまま野ざらしじゃかわいそうだ。ちゃんと埋めてあげよう）

道具を取り出して小さな穴を掘り、その中に犬の死体をそっと横たえてから埋め直す。

アイテムボックスに入れたまま忘れていた木材のあまりで申し訳ないが、ここがお墓と分かるように十字架も作って、地面に刺した。

そして、酒を少々かけてやり、いくつか野菜をお供えして、手を合わせる。

（って、こんなときに称号入手インフォメーション？　空気読んでよ……）

手に入れた称号は、「獣《けもの》の介錯《かいしゃく》を苦《くる》しませずに務《つと》めた者《もの》」。特にこれといって効果はないようだが、そうか、苦しませずにできたというのであれば何よりだ。今後はただ安らかに眠ってくれることを祈るばかりである。

「──アンタ、いったい何をしたんだ？　あの獣と話ができていたのか？　そして今埋めた何かが、あのフェイクミラー・ビーストの正体だったのか？」

いつの間にか様子を見ていた龍人達が近寄ってきていたようで、そのうちの一人がそう自分に話しかけてきた。

「あの獣は、やっと静かに眠れる時を得たようです。私に介錯を頼んできたので、その願いに応えました。正体が今埋めた犬だというのも、多分間違いないでしょう。何らかの呪いによって体を維持していたらしく、自決ができないと言っていましたよ」

自分の言葉を聞いた龍人さん達が騒めく。うん？　なんか変なところがあったかな？

「ここに眠る霜点殿と皐月殿は、一匹の犬を飼っていたという話があるんだ。あまり有名ではないので知らぬ者も多いんだが……その犬が主人の仇を討つべく、ずっと彷徨《さまよ》い続けていたのかもしれない。もしそうだとしたら、何と長い年月を孤独に過ごしてきたのだろうか……」

この話が事実だとしたら、ここで眠りたいと言うのも当然か。

自分は改めて手を合わせ、他の龍人さん達もそれに続く。

おそらく、ここにいる皆の気持ちは同じだろう。

ただただ苦しみも悲しみも忘れて、安らかに眠れ――きっと、それだけだ。

STATUS

【スキル一覧】
〈風迅狩弓〉Lv50（The Limit!）〈砕蹴（エルフ流・限定師範代候補）〉Lv46
〈精密な指〉Lv57〈小盾〉Lv44〈蛇剣武術身体能力強化〉Lv38
〈魔剣の残骸・明鏡止水の境地〉Lv10〈百里眼〉Lv46〈隠蔽・改〉Lv7〈義賊頭〉Lv88
〈妖精招来〉Lv22（強制習得・昇格・控えスキルへの移動不可能）
追加能力スキル
〈黄龍変身・覚醒〉Lv??（使用不可）〈偶像の魔王〉Lv9
控えスキル
〈木工の経験者〉Lv14〈釣り〉（LOST!）〈人魚泳法〉Lv10
〈ドワーフ流鍛冶屋・史伝〉Lv99（The Limit!）〈薬剤の経験者〉Lv43〈医食同源料理人〉Lv25
ＥｘＰ53
称号：妖精女王の意見者　一人で強者を討伐した者　ドラゴンと龍に関わった者
妖精に祝福を受けた者　ドラゴンを調理した者　雲獣セラピスト　災いを砕きに行く者
託された者　龍の盟友　ドラゴンスレイヤー（胃袋限定）　義賊　人魚を釣った人
妖精国の隠れアイドル　悲しみの激情を知る者　メイドのご主人様（仮）　呪具の恋人

魔王の代理人　人族半分辞めました　闇の盟友　魔王領の知られざる救世主　無謀者
魔王の真実を知る魔王外の存在　天を穿つ者　魔王領名誉貴族
プレイヤーからの二つ名：妖精王候補（妬）　戦場の料理人
獣の介錯を苦しませずに務めた者（ＮＥＷ！）
強化を行ったアーツ：《ソニックハウンドアローLv５》
状態異常：［最大ＨＰ低下］［最大ＭＰ大幅低下］［黄龍封印］

累計150万部突破!!（電子含む）絶賛発売中!
とあるおっさんのVRMMO活動記
1〜10
原作：椎名ほわほわ
漫画：六堂秀哉
TVアニメ化決定!!!
冒険に興じるもよし、独自の料理や武器を作るもよし、超自由度を誇るVRMMO「ワンモア・フリーライフ・オンライン」。この世界で38歳、独身の会社員・田中大地《たなかだいち》が選んだのは不遇スキルを極める地味プレイ。最初は苦労していたが上達と共に不遇スキルが驚異の力を発揮して…!
とあるおっさんのVRMMO活動記
10
原作：椎名ほわほわ
漫画：六堂秀哉
150万部突破の大人気作
ついにTVアニメ化決定!!!
大人気御礼!
◉B6判 ◉各定価：748円（10%税込）
Webにて好評連載中!
アルファポリス 漫画
検索

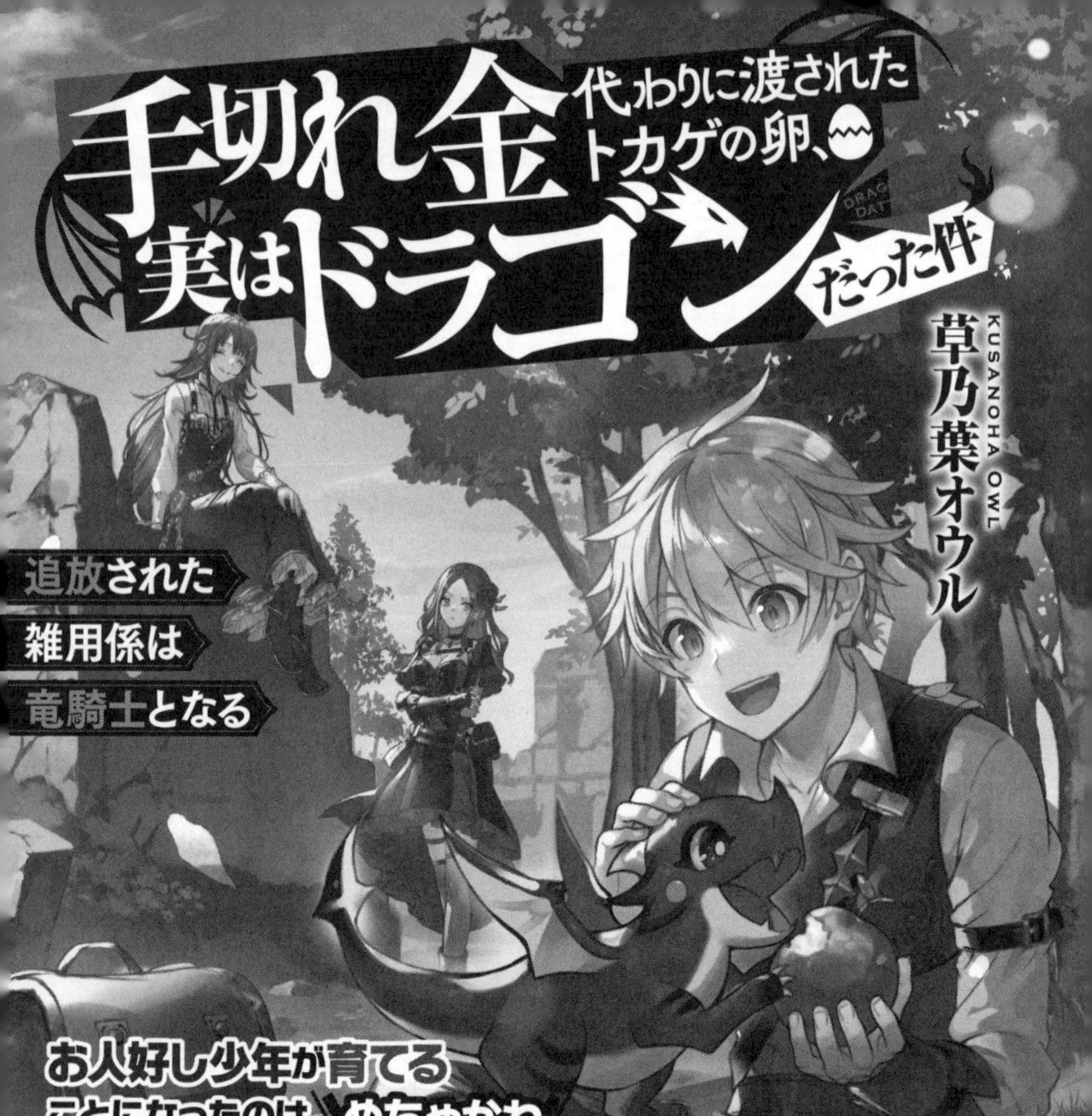

俺——ユート・ドライグは途方に暮れていた。上級冒険者ギルド『黒の雷霆』で雑用係をしていたのに、任務失敗の責任をなすりつけられ、まさかの解雇。しかも雑魚魔獣イワトカゲの卵が手切れ金代わりだって言うんだからやってられない……
そんなやさぐれモードな俺をよそに卵は無事に孵化。赤くて翼があって火を吐く健康なイワトカゲが誕生——
いや、これトカゲじゃないぞ!? ドラゴンだ!
「ロック」と名付けたそのドラゴンは、人懐っこくて怪力で食いしん坊! 最強で最高な相棒と一緒に、俺は夢見ていた冒険者人生を走り出す——!

◆定価:1320円(10%税込) ◆ISBN:978-4-434-31646-3 ◆Illustration:有村

最強の生産王は
何がなんでも
ほのぼのしたいっっっ!
1~3
覚醒した『生産』を駆使して
超超超辺境を
理想郷に!?
著 Erily《えりりー》
万能すぎる生産スキルで送るほのぼのスローライフ、開幕!
名門貴族家の長男、エイシャルは成人を迎え、神から「生産者」という職業を与えられた。しかしそれは、超マイナーな不遇職。家名を汚したと家族は激怒し、彼を辺境に追放する。だが、そんな逆境にもエイシャルはめげなかった。いつの間にか覚醒した「生産者」のスキルで、荒れた土地に一瞬で作物を実らせたり、巨大竜も満足するプールを作ったり——たちまち、僻地は快適な理想郷に! そうしてほのぼの生活を満喫していると、凄腕生産者の噂を聞きつけた王族が、力を借りにやって来て……!?
●各定価:1320円(10%税込) ●Illustration:くろでこ
1~3巻好評発売中!

ネットで話題沸騰！
アルファポリスWeb漫画
面白い漫画が毎日読める!!
ALPHAPOLIS
アルファポリス COMICS
原作 柳内たくみ 漫画 竿尾悟
ゲート GATE
自衛隊 彼の地にて、斯く戦えり
原作 あずみ圭 漫画 木野コトラ
月が導く異世界道中
原作：秋川滝美
漫画：しわすだ
居酒屋ぼったくり
BOTTAKURI
原作 水都蓮 漫画 わさ
毎日もらえる追放特典でゆるゆる辺境ライフ！
原作 薄味メロン 漫画 茂ノ加羅玄
実力主義に拾われた鑑定士
～奴隷扱いだった母国を捨てて敵国の英雄はじめました～
原作 小鳥遊渉 漫画 紺平
異世界に転生したけどトラブル体質なので心配です
新連載開始！
人気連載陣
● THE NEW GATE
● 素材採取家の異世界旅行記
● 異世界ゆるり紀行 ～子育てしながら冒険者します～
● いずれ最強の錬金術師？
● 追い出された万能職に新しい人生が始まりました
● 勘違いの工房主
● 装備製作系チートで異世界を自由に生きていきます
and more...
原作 椎名ほわほわ
漫画 六堂秀哉
とあるおっさんのVRMMO活動記
原作：金斬児狐
漫画：小早川ハルヨシ
Re:MONSTER リ・モンスター
選りすぐりのWeb漫画が
無料で読み放題！
今すぐアクセス！
アルファポリス 漫画
検索
アルファポリスアプリ
スマホでも漫画が読める！
App Store/Google play でダウンロード！

この作品に対する皆様のご意見・ご感想をお待ちしております。

おハガキ・お手紙は以下の宛先にお送りください。

【宛先】

〒150-6008 東京都渋谷区恵比寿4-20-3 恵比寿ガーデンプレイスタワー 8F
（株）アルファポリス　書籍感想係

メールフォームでのご意見・ご感想は右のＱＲコードから、
あるいは以下のワードで検索をかけてください。

アルファポリス　書籍の感想　検索

ご感想はこちらから

本書はWebサイト「アルファポリス」（https://www.alphapolis.co.jp/）に投稿されたものを、改稿、加筆のうえ、書籍化したものです。

とあるおっさんのＶＲＭＭＯ《ブイアールエムエムオー》活動《かつどう》記《き》 27

椎名《しいな》ほわほわ

2023年 3月 1日初版発行

編集－宮坂剛
編集長－太田鉄平
発行者－梶本雄介
発行所－株式会社アルファポリス
〒150-6008 東京都渋谷区恵比寿4-20-3 恵比寿ガーデンプレイスタワー8F
TEL 03-6277-1601（営業）　03-6277-1602（編集）
URL https://www.alphapolis.co.jp/
発売元－株式会社星雲社（共同出版社・流通責任出版社）
〒112-0005東京都文京区水道1-3-30
TEL 03-3868-3275
装丁・本文イラスト－ヤマーダ
装丁デザイン－ansyyqdesign
印刷－中央精版印刷株式会社

価格はカバーに表示されてあります。

落丁乱丁の場合はアルファポリスまでご連絡ください。

送料は小社負担でお取り替えします。


ISBN978-4-434-31647-0 C0093